Das Buch

YOLO

CARLSEN

YO

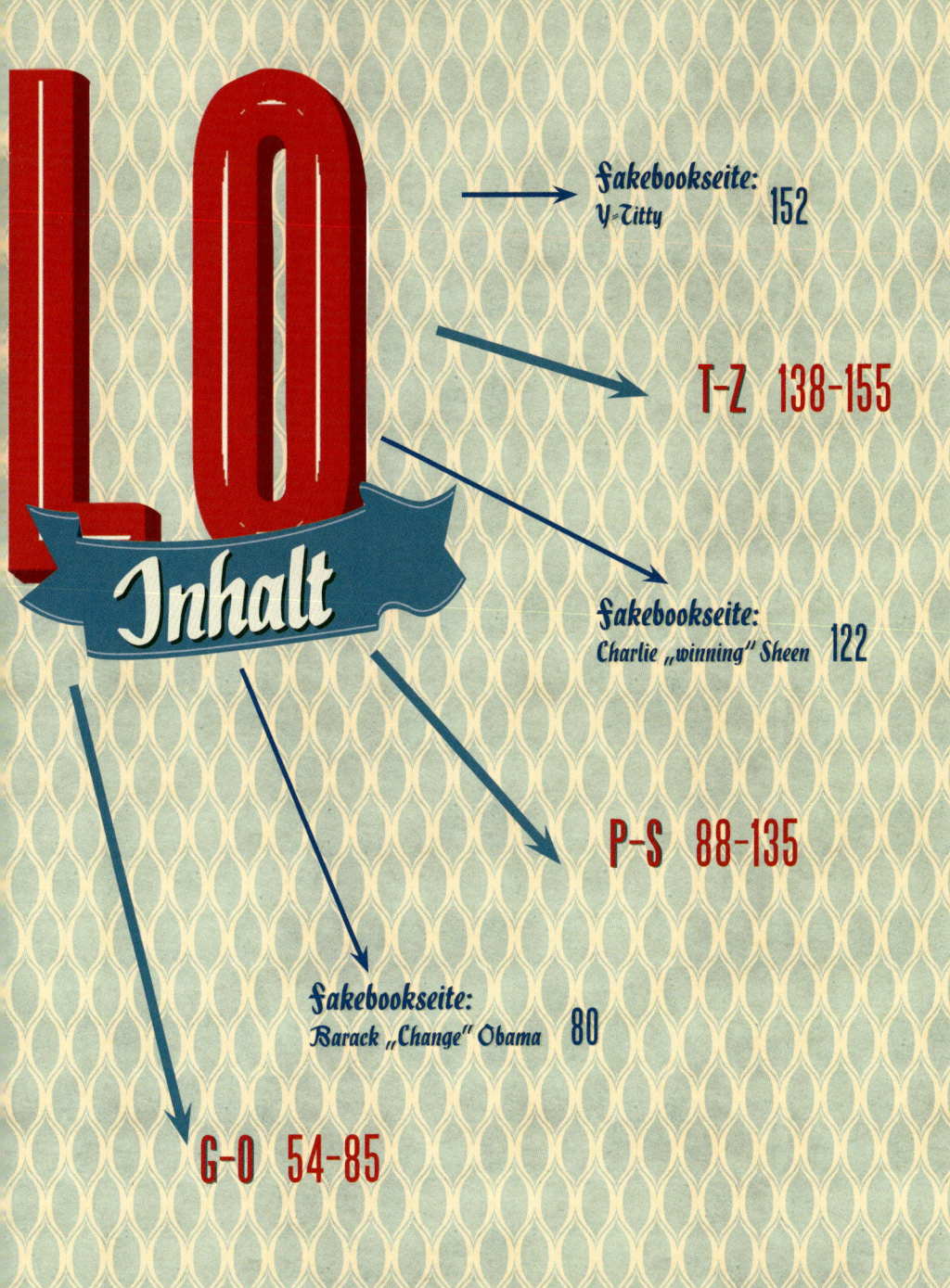

YOLO-TITTYS

YO|LO ['joloh], Kurzwort (Akronym) aus den Anfangsbuchst. v. engl. **You Only Live Once** (Du lebst nur einmal). Bed.: Devise eines schnellen und aufr. Lebens, ohne viele Gedanken an mögliche Konsequenzen zu verschw. Mit **YOLO** legitimiert der Sprecher, dass er alles einmal ausprobiert. Oder mehrmals.
Synonyme: „Man lebt nur einmal"; „Carpe diem" (lat.); „Scheiß drauf" (derb, ugs.)

YOLO - You Only Live Once – Du lebst nur einmal. Eine uralte Weisheit, die seit Menschengedenken von Generation zu Generation über alle Kulturen hinweg übermittelt wird. Eine Weisheit, die, wenn man sie versteht, mächtiger ist als jedes Naturgesetz, mächtiger als Religion oder Glaube. Mächtiger als die Gemächte der Autoren dieses Textes! Unsere Eltern nannten es „Scheiß drauf", die Römer carpe diem, wir nennen es **YOLO**.

Doch eigentlich meinen wir alle dasselbe: Lebe deinen Traum, genieße den Tag, renne nur mit einem String oder mit einer am Penis befestigten Stricksocke bekleidet am Samstagnachmittag durch die Fußgängerzone!

Doch was bedeutet **YOLO** in unserer schnelllebigen Epoche? Wie kann ich das Leben in einer Zeit genießen, in der ein Like mehr zählt als eine Umarmung? In der Mama auf Instagram postet, was es heute zu essen gibt? In der sich ein leerer Smartphone-Akku anfühlt, wie wenn man ohne Reisepapiere in Mexiko ausgesetzt wird (und fragt bitte nicht, woher die Autoren dieses Gefühl kennen).

WIE LEBE ICH YOLO?

Nun, vielleicht gibt dir dieses Buch den ein oder anderen Hinweis. Einen Wink mit dem Zaunpfahl für den Suchenden. Es ist eine Sammlung von Lebensweisheiten aus unserer Generation. Ähnlich diesem alten Buch da, Bibel oder so. Nur etwas aktueller. (Keine Sorge, Jesus ist cool damit. Siehe S.66/67.)

7

Wir ermahnen dich, oh Leser, dieses Buch ernstzunehmen. Um die Seriosität des hier gesammelten Wissens zu unterstreichen, haben wir dieses Buch in mühsamer Handarbeit alphabetisch gegliedert und auch die Fakebook-Seiten einiger vorbildlicher Persönlichkeiten dazugepackt. Einem der Autoren ist auch sehr viel daran gelegen, dir, oh Leser, mitzuteilen, dass wir am längsten an Seite 96/97 gesessen haben und du hier die ernste Botschaft zwischen den Zeilen findest!

Lese dieses Buch! Lebe **YOLO**!

Die Autoren*

*Wollen aufgrund der Persönlichkeitsrechte von Phil, TC und OG von Y-Titty nicht namentlich erwähnt werden.

★ DER GROSSE EINGANGSTEST ★

Wie YOLO bist du?

FÜR MÄNNER

	0 Punkte	5 Punkte	10 Punkte
Ich wache auf ...	... drehe mich aber doch nochmal um – der Traum war so schön.	Scheiße, schon wieder verpennt – naja, ich werde sagen, mein Hund ist gestern ins Koma gefallen oder so ...	... durch die Abrissbirne, die gerade das Gebäude plattmacht, in dem ich gestern eingepennt bin.
Nach dem Aufstehen ...	... erst mal ein heißes Bad nehmen und dann schön in den Frottee-Bademantel einkuscheln.	... Klamotten zusammensuchen, die nicht ganz so sehr stinken.	... geh ich aufs Klo, spüle den Mund mit Schnaps aus, suche meine Hose und finde heraus, wo ich bin. In der Reihenfolge.
Frühstück ist ...	... ein Spiegelei, 2 Streifen veganer Speck und eine warme Tasse Tee.	... schnell 'nen Kaffee runtergewürgt und ein Sandwich aus den Resten von gestern geschmiert.	Zeitverschwendung – am Automaten am Bahnhof gibt's ne Bifi auf die Hand. Auch wenn sie noch nicht reif, sondern innen etwas grün ist.
Dann geht's auf ...	... Mama und Papa zu besuchen, hab schon seit gestern nichts von ihnen gehört.	... zum Arzt, krankschreiben lassen und dann irgendwo in der Stadt abhängen. Mittwoch halt.	Hm, hab gestern Nacht da so ne Adresse auf die Hand gemalt bekommen ... Daneben ist ein Totenschädel geritzt – klingt nach Party für mich.

	0 Punkte	5 Punkte	10 Punkte
Schule ...	Da saß ich immer ganz vorne und kam niemals zu spät – wie soll man sonst was lernen?	Joa, war ich mal drauf. Hab mich irgendwie durchgemogelt, dank der Streber in der ersten Reihe.	Sch...u...le? Ist das ne neue App oder was? Erst mal googeln ...
Mein Job ...	... ist mein Leben, wer kann sonst so ordentlich Stempeln, Tackern und Stapeln?	... ist jetzt nicht so der Burner, aber ich kann mir ne vernünftige Bude leisten, und Bier ist auch immer im Kühlschrank.	Ist awesome sein ein Job? Ist den Tag so zu nehmen, als gäb's kein Morgen, ein Job? Dann muss ich heute leider Überstunden schieben ...
Abends ...	... bin ich immer pünktlich um 18 Uhr zuhause, schaue mir meine Lieblings-Dailysoap an und mache mir ein leichtes Abendessen.	... gibt's ein Feierabendbier, oder zwei, oder drei. Gucken, ob ich die Nummer von der süßen Bedienung bekomme.	... geht der Spaß erst richtig los – es fängt an mit ner Hafenkneipe und endet im Gorillakäfig. Der hätte mich halt nicht so anglotzen sollen ...
Ich schlafe ein ...	Ganz kuschelig in meinem Bettchen, in der Paulchen-Panther-Bettwäsche, direkt nach dem Abendfilm im ZDF.	Wenn ich Glück habe, neben der süßen Bedienung. Hält zwar nicht lange, aber ... Leben ist eh kurz.	Einschlafen? Das ist dieses Ding, wenn man die Augen zu- und nix macht? Puh, keine Ahnung ... ich kenne nur Koma.

Wie YOLO bist du?

FÜR FRAUEN	0 Punkte	5 Punkte	10 Punkte
Ich wache auf …	… zusammen mit meinen süßen Kätzchen, die mich so lieb kratzen, wenn sie Hunger haben.	… neben meinem Freund. Schicke ihn sofort Brötchen holen – was soll er sonst hier?	… neben irgend nem Kerl mit Vollbart und tätowiertem Brustbein. Er meinte er wäre Rockstar, oder Rocker, oder irgendsowas.
Nach dem Aufstehen …	… erstmal eine Runde Yoga, oder heute doch Pilates?	… ruf ich meine Freundin an und wir tauschen die Erlebnisse der letzten Nacht aus.	… gehe ich erstmal ne Runde schwimmen. Wenn vor der Tür kein Meer ist, flute ich halt das Bad.
Frühstück ist …	… für mich ein ballaststoffreiches Müsli, eine frische Avocado uuuund die neueste Ausgabe der Cosmo.	… was immer grade im Kühlschrank liegt und ich dem Hund nicht mehr geben kann.	Kaffee, Zigaretten – alles, was man unterwegs nehmen kann.
Dann geht's auf …	… zum Friseur, oder schnell Nägel machen, man weiß ja nie, wen man heute trifft.	… zur Apotheke – irgendwie hab ich noch nen Kater von vorgestern.	.:. ein wenig durch die Stadt laufen, Polizisten anmachen, das Auto von meinem Ex anzünden – das Übliche halt.
Schule …	Beste. Zeit. Ever. Hach, da habe ich meine besten Freundinnen fürs Leben kennengelernt! Also, vor den besten Freundinnen fürs Leben von der Uni und denen von der Arbeit und aus dem Fitnesscenter und …	Ach, war ne ganz okay-e Zeit, aber die blonden Dummchen haben mehr genervt als die Lehrer …	Moment … ist das der Ort, wo ich damals boxen lernte? Nee, warte, das war der Kindergarten.

10

	0 Punkte	5 Punkte	10 Punkte
Mein Job ...	... ist totaaal toll – ich lerne jeden Tag nette Menschen kennen, leider ist keiner von denen mein strahlender, reicher Ritter ...	Ich mach immer wieder was anderes, will mich nicht festlegen, bin ja noch jung und will meinen Spaß.	Hm, komisch, bin eigentlich immer ganz gut ohne Job durchgekommen. Letztens wollte mir so ein Scheich eine Insel kaufen.
Abends ...	... schau ich mir am liebsten eine romantische Komödie an. Hach, die sind so toll.	Wenn Freund da ist, kocht er, sonst wird's Lieferpizza.	... bin ich meist auf ner dicken Rave Party, in nem Club, von dem noch nie jemand was gehört hat.
Ich schlafe ein ...	... zusammen mit zwei Rockern. Einer trägt einen süßen Pony-Pyjama.	... mal wieder viel zu spät, sollte ich echt mal ändern ... nächstes Jahr vielleicht.	... auf irgendeinem coolen Schiff – die Leute tragen hier fast alle Augenklappen.

11

Auswertung

0–15 Punkte: Gar nicht YOLO ... Oma, Opa, legt bitte das Buch weg und geht Tatort gucken und euch über die Jugend von heute beschweren.

20–45 Punkte: Hey, das war schon mal ganz ok. Du hast was YOLO-haftes an dir, aber es wird noch etwas überschattet durch deine LAME-igkeit. Du solltest etwas mehr aus dir rausgehen. Versuch mal in einem Piranhabecken zu tauchen oder mit weißen Tigern um die Wette zu laufen. Alternativ kannst dazu auch das Buch hier lesen – deine Wahl.

50–75 Punkte: Hey, na das klingt doch nach einer extremen Portion YOLO in deinem Leben! Erfreu dich daran, dass du jetzt schon zu einer Elite gehörst, wie dem Arnold-Schwarzenegger-Muscle-Club, diesen tibetanischen Mönchen, oder zu ... naja, uns. Auf jeden Fall wird das Buch dir ein paar Tipps geben können, wie du das meiste YOLO aus dir rausholst. Los geht's!

80 Punkte: YOLO LEVEL OVER 9000!!!! Im Ernst, warum zur Hölle lebst du noch? Dein Leben muss eine Mischung aus dem von James Bond, Triple X, Bear Grylls und dem eines Wolkenkratzer-Fensterputzers sein. Wie viele Basejumps hast du heute schon gemacht, und wie viele davon mit Fallschirm? Verdammt, bist du Hardcore – setz dich hin, lies das Buch hier und schreib es neu. Du kannst das besser!

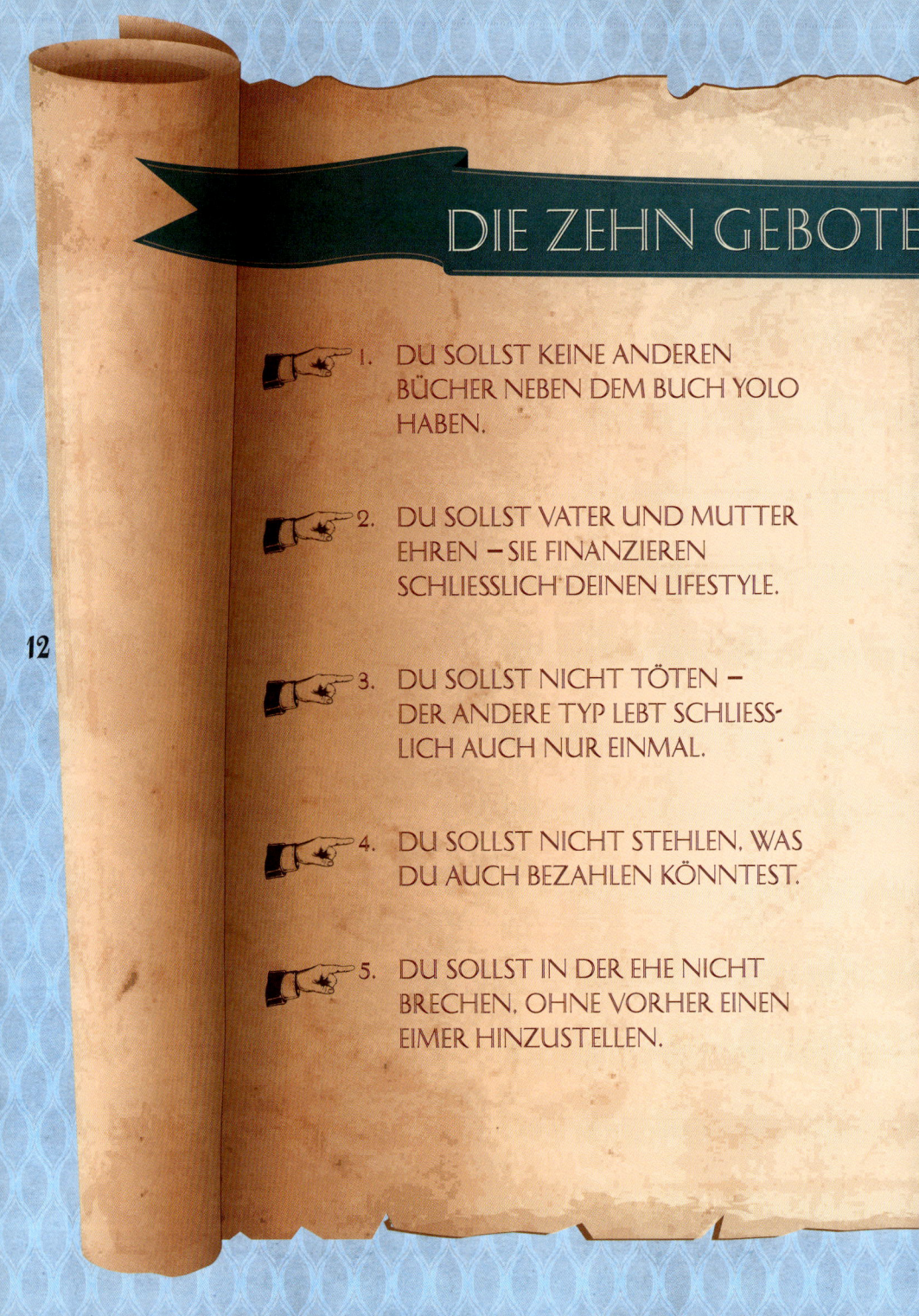

DIE ZEHN GEBOTE

1. DU SOLLST KEINE ANDEREN BÜCHER NEBEN DEM BUCH YOLO HABEN.

2. DU SOLLST VATER UND MUTTER EHREN – SIE FINANZIEREN SCHLIESSLICH DEINEN LIFESTYLE.

3. DU SOLLST NICHT TÖTEN – DER ANDERE TYP LEBT SCHLIESS-LICH AUCH NUR EINMAL.

4. DU SOLLST NICHT STEHLEN, WAS DU AUCH BEZAHLEN KÖNNTEST.

5. DU SOLLST IN DER EHE NICHT BRECHEN, OHNE VORHER EINEN EIMER HINZUSTELLEN.

DES YOLO

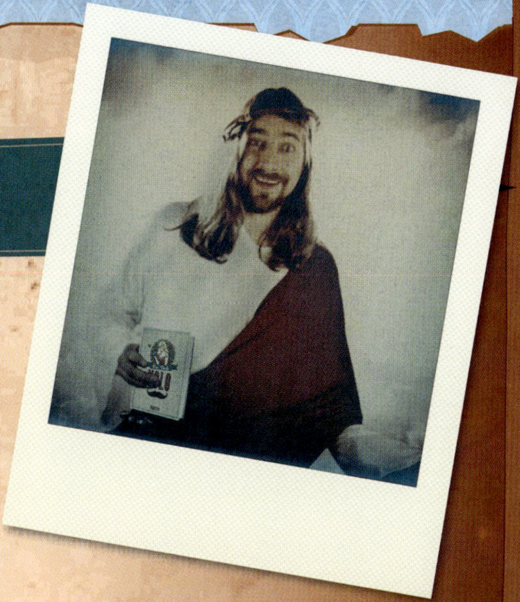

7. DU SOLLST DEN SONNTAG EHREN. UND ZWAR JEDEN TAG.

8. DU SOLLST NICHT VERNÜNFTIG SEIN, WENN DU AUCH SCHEISSE BAUEN UND DABEI SPASS HABEN KANNST.

9. DU SOLLST DICH ABER NICHT ERWISCHEN LASSEN.

10. DU SOLLST ENDLICH LERNEN, BIS 10 ZU ZÄHLEN.

#ACTION

Hier die amtliche Liste der Aktionen, die du gebracht haben solltest, bevor du 30 bist und mit Familie im Reihenhaus wohnst oder so.

- ★ FALLSCHIRM SPRINGEN.
- ★ ÜBER EIN BRENNENDES AUTO SPRINGEN.
- ★ MIT DEM FALLSCHIRM AUF EINEM BRENNENDEN AUTO LANDEN.
- ★ ALLE 151 POKÉMON FANGEN.*
- ★ OHNE SAUERSTOFF AUF EINEN ACHT-TAUSENDER STEIGEN.
- ★ DEM EINEN BESONDEREN MENSCHEN, AUF DEN DU SCHON LANGE STEHST, JETZT SO-FORT SAGEN, WAS DU FÜR IHN EMPFINDEST. (ES SEI DENN, ES IST EINE CELEBRITY) DANN BLEIB REALISTISCH! WARTE NOCH ZWEI TAGE!)
- ★ EINEM SEHR STARK UND GEFÄHRLICH AUSSEHEN-DEN KERL INS GESICHT SCHREIEN: „ICH BIN BATMAN."
- ★ EINE ESSENSSCHLACHT IN DER PAUSENHALLE/ MENSA/KANTINE ANZETTELN (MAN IST NIE ZU ALT FÜR EINE ESSENSSCHLACHT.)
- ★ JET SKI FAHREN (WIRKLICH, PROBIER ES!)
- ★ UND WO WIR GERADE DABEI SIND: EINEN JET PACK FLIEGEN (WENN DU DIESES BUCH IN EINER ZEIT LIEST, IN DER ES JET PACKS GIBT... WORAUF WARTEST DU NOCH??)
- ★ EIN KÄTZCHEN AUS EINEM BRENNENDEN GEBÄUDE RETTEN, WÄHREND DU DICH MIT EINEM LASERSCHWERT DURCH EINE HORDE WERWOLFCYBORGTERRORISTEN KÄMPFST. (TIPP: GELINGT NUR MIT ETWAS ÜBUNG.)

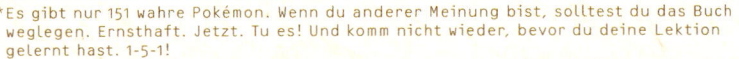

*Es gibt nur 151 wahre Pokémon. Wenn du anderer Meinung bist, solltest du das Buch weglegen. Ernsthaft. Jetzt. Tu es! Und komm nicht wieder, bevor du deine Lektion gelernt hast. 1-5-1!

Leben heißt: Risiko und Fun. Der Gefahr ins Auge sehen. Bzw. Augen zu und durch. Und wenn's schiefgeht — einfach in bunten Farben **YOLO** auf den Gips schreiben.

YOLO
Diese YOLO-Aktionen hab ich schon gemacht:

....
....
....
....
....
....
....
....
....

YOLO
Das hier habe ich noch vor:

....
....
....
....
....
....
....
....
....

Und hier die Loser-Liste der Nicht-YOLO-Aktionen:

⬇ OHNE ACHTTAUSENDER MIT EINER SAUERSTOFFLASCHE RUMLAUFEN.

⬇ EINE POKEMÓN-KARTE KLAUEN UND ES JAHRELANG NICHT ZUGEBEN.

⬇ DEIN KNOPPERS SCHON UM 9:00 ESSEN.

⬇ BEI OMA PINNEBERG KLINGELN UND WEGRENNEN.

#BERUF

Jobs mit hohem YOLO-Faktor:

Tätigkeit	Vorteile	Nachteile	Lohn
Messerwerfer-zielperson	Man muss sich nicht viel bewegen. Man steht immer im Mittelpunkt.	Zuwenig Gabeln und Löffel. Zuviel Drehwurm.	Schmerzens-geld.
Spirituosen-tester	Der Gaumen sagt: Ja!	Die Leber sagt: Och nö, nich schon wieder.	Trinkgeld.
YouTuber / NICHT-Buch-Autor	Man muss nicht früh aufstehen. Keiner redet einem rein (außer Mutti).	Alles muss man selber machen.	Viiiiiiiel Geld.
Geheimagent Ihrer Majestät	Dreistellige Durchwahl. Jede Menge Jungs-spielzeug. You sometimes live twice.	Bei allem, was Spaß macht, wird man gedoubelt.	Alle 2 Jahre eine andere Frau.
Stuntman	Kein Tempolimit. Vollkasko zahlt die Firma.	Alles, was wehtut, muss man selber machen.	Krankenver-sicherung, Berufsunfähig-keitsversiche-rung, Lebens-versicherung inklusive.
Casting-Schlampe	Abschluss-zeugnis interessiert keine Sau. Gratis-OPs und -Frisuren. Die Eltern sind stolz.	Der Ruf ist ruiniert. Die Großeltern sind entsetzt.	Ein Job bei QVC.

Bei der Berufswahl ist **YOLO** natürlich extrem wichtig. Wer will schon während des einen Lebens, das er hat, als Sesselpuper im 2. Stock verkümmern.

Jobs mit niedrigem YOLO-Faktor:

Tätigkeit	Vorteile	Nachteile	Lohn
Pfarrer	Die Arbeit mit Kindern.	Sonntagsarbeit.	Gott gefällt das.
Mathelehrer	Man wird für Sadismus bezahlt.	Die Arbeit mit Kindern.	12 Wochen Ferien.
Beamter	Die goldene Nadel für 10 Jahre fehlerloses Fahrstuhlfahren.	Dienstag und Donnerstag von 10:00-12:00 Kontakt mit Menschen.	Unkündbar und pensionsberechtigt.
Carlsen-Lektor	Blaues Dienstfahrrad.	Kein eigener Parkplatz.	Jeden Monat.

Wichtige Kriterien für YOLO-Jobs:

★ KÜNDIGUNGSFRIST MAXIMAL 1 WOCHE

★ KEINERLEI HAFTUNG

★ ARBEITSZEIT UND URLAUB SELBSTBESTIMMT

★ FIRMENKREDITKARTE OHNE LIMIT

★ TÄGLICH NEUE AUFGABEN

#BIO

Bio-Porzellan

Bio-Logielehrer

BIO-VIAGRA

Bio-Burger

TC SINGT „EIN BIOSSCHEN FRIEDEN".

Bio-Titty

Bio-Wasser

Bio-Abführmittel

Bio-Pommes

Bio-Crack

Bio-Browser

Bio-Tattoo
(voll abwaschbar)

Bio-Cola

Bio-Bio
(Geheimtipp von Cro)

Bio-Ho...

Bio-Kreditkarte

Bio-Plutonium

Bio — der neue Trend, Geld an Betrüger loszuwerden. Klar, für einige Produkte ist es sinnvoll, aber ... bei diesen Bio-Produkten solltest Du nochmal kurz überlegen:

Bio-Bionade

Bio-Aspirin

Bio-Tabak

Bio-Call-of-Duty

Bio-Batterien

Bio-SUV

Bio-Pumps

Filme

BIO-WAFFEN

YOLO Bio

★ BEVOR ANDERE DICH BETRÜGEN, MACH ES LIEBER SELBST. EINFACH DAS NEUE YOLO-BIO-SIEGEL DRAUFKLEBEN UND DAS GUTE GEFÜHL GENIESSEN.

#BROS BEFORE HOES

Den Spruch kennt mittlerweile jeder. Doch was bedeutet er eigentlich? Übersetzt heißt es soviel wie: Die Gesellschaft deiner Kumpels muss dir immer wichtiger sein als eine schöne Unbekannte.
ACHTUNG: Der Begriff „Hoe" bezeichnet in diesem Falle eine Unbekannte, bei der du zu landen versuchst, nicht deine Freundin. Solltest du das nicht glauben, gib ihr doch mal diesen Spruch, wenn sie mit dir ins Kino will, du aber mit deinen Kumpels in einer Bar verabredet bist. Wir übernehmen keine Haftung.
Oder auch: Tu es nicht.

In einigen Fällen ist es allerdings in Ordnung, den Satz zu missachten – deine Bros werden sicherlich nichts dagegen haben und würden es genauso machen:

⭐ DIE AUSSICHT AUF EINEN 3ER

⭐ DIE AUSSICHT AUF EINEN 4ER

⭐ WENN DU DIR ZU HUNDERT PROZENT SICHER BIST, DASS SIE NUR DICH WILL UND NUR HEUTE KANN, WEIL SIE MORGEN DAS LAND VERLÄSST, UM KRANKHEITEN IN DER DRITTEN WELT ZU HEILEN.

⭐ DIE AUSSICHT AUF EINEN 5ER

⭐ WENN SIE WIRKLICH, WIRKLICH GROSSE BRÜSTE HAT.

Kompliziert ist die Lage, wenn sie eine Unbekannte ist, die wirklich, wirklich große Brüste hat und dir Hoffnungen auf einen 3er mit ihr und ihrer genauso umwerfenden Freundin macht – du aber weißt, dass dein Kumpel auch auf sie steht und für ihn eine Welt zusammenbräche, wenn du mit ihr abziehst.

Die Fachwelt ist hier gespalten. Die einen meinen: Komm, dein Kumpel hätte sie sowieso nicht bekommen. Sie wollte dich! Und schau dir die Braut mal an! YOLO!

Die anderen hingegen sagen: Komm, dein Kumpel hätte sie sowieso nicht bekommen. Sie wollte dich! Und schau dir die Braut mal an! YOLO!

DAS BUCH YOLO

#CHICKSBEFORE**DICKS**

Natürlich haben auch Frauen so ein Prinzip — das Gegenstück zu *#BrosBeforeHoes*. Es lautet *#ChicksBeforeDicks*. Und es funktioniert genauso wie bei den Männern — nur dass für Frauen der Spruch auch während einer Beziehung gilt. Jede Frau muss regelmäßig einen Abend mit ihren besten Freundinnen, mehreren Flaschen Prosecco und einem Marathon von Sex and the City, Vampire Diaries oder Natürlich Blond verbringen, ohne dass ein Kerl dabei ist. Sollte er was dagegen haben, schmeiß ihm einfach das letzte Call of Duty / Battlefield hin und mach dich aus dem Staub. Und sollte er fragen, wieso er denn nie mit seinen Kumpels losziehen dürfe, dann antworte mit der weiblichen Zauberformel: „Das ist ganz was anderes." Auf diese entwaffnende Logik bzw. Frechheit ist den Männern bis heute keine Antwort eingefallen.

In den folgenden Situationen kannst du die
Mädels aber auch mal zweite Wahl sein lassen:

★ ER WILL MIT DIR SHOPPEN. (ER MUSS ALSO WIRK-
LICH WAS AUSGEFRESSEN HABEN. NUTZ ES AUS!)

★ ER HAT EINEN ROMANTISCHEN ABEND GEPLANT.

★ ER WILL DICH SEINEN ELTERN VORSTELLEN.

★ ER HAT SOEBEN MIT DIESER EINEN
SCHLAMPE SCHLUSS GEMACHT. DU HAST
DICH EH IMMER GEFRAGT, WAS ER AN
IHR FINDET. DU BIST DOCH SO VIEL
BESSER FÜR IHN.

Und was ist, wenn Du bemerkst, dass deine
Freundin auf denselben Typen steht wie du?
Hier drei mögliche Antworten:

A) NA DESWEGEN MACH ICH IHN JA AN.
OHNE KONKURRENZ MACHT DAS KEINEN SPASS.

B) SOOO GUT KENNEN LISA UND ICH UNS
EIGENTLICH GAR NICHT.

C) DAS IST NICHT MEINE FREUNDIN, DAS IST
EINE WIDERLICHE SCHLAMPE!

#BUSEN

YOLO

#CHILLEN

DAS BUCH YOLO

7
A-F

Chillen –
das brauchst du immer
nach einem harten
YOLO-Tag.

Ein harter YOLO-Tag:

9:30	Der Wecker klingelt. Zum Glück beim Nachbarn.
10:00	Dein eigener Wecker klingelt.
11:30	Ein Sonnenstrahl reißt dich mitten in der Nacht aus dem Schlaf.
13:00	Der Weg zur Dusche ist gefunden.
15:00	Die Frühstückskarte deines Lieblingscafés ist endlich online. Als Kenner orderst du zu 16:00 Uhr 1 Schale Café au Lait und 1 Croissant.
17:00	Frühstücken gehen kannst du auch morgen.
21:00	Das komplizierte Verabredungsgeflecht für den Abend ist geknüpft und wieder gecancelt.
23:00	Mails checken. Mist! Morgen kommen deine Eltern zu Besuch.
1:00	Umzug ins Wellnesshotel

Nach einem solchen Tag sollte man auf jeden Fall mal 3 bis 5 Stunden lang die Füße hochlegen. Hier kann man perfekt chillen:

★ IN EINER HÄNGEMATTE IRGENDWO IM FREIEN

★ AUF EINER SONNIGEN WIESE

★ AM UFER EINES GEWÄSSERS

★ 30 METER WEITER (EMPFOHLENE HILFSMITTEL: LUFTMATRATZE, YACHT O.Ä.)

★ IM WELTALL

★ BEI MAMA

EIN MONAT SPÄTER

Diese Umstände eignen sich eher nicht, um sich mal kurz hinzulegen:

★ AUF EINER BAUSTELLE (LÄRM UND STAUB GEHEN JA NOCH, ABER ALL DIESE ARBEITENDEN MENSCHEN ...)

★ IM KREISSSAAL

★ IN EINEM ROTEN T-SHIRT IN EINER STIERKAMPF-ARENA

★ AM 31. DEZEMBER UM 23:55 UHR

★ BEIM AUSÜBEN EINER MANNSCHAFTS-SPORTART

★ AM FUSS EINES AKTIVEN VULKANS

★ AUF DEM GIPFEL EINES AKTIVEN VULKANS

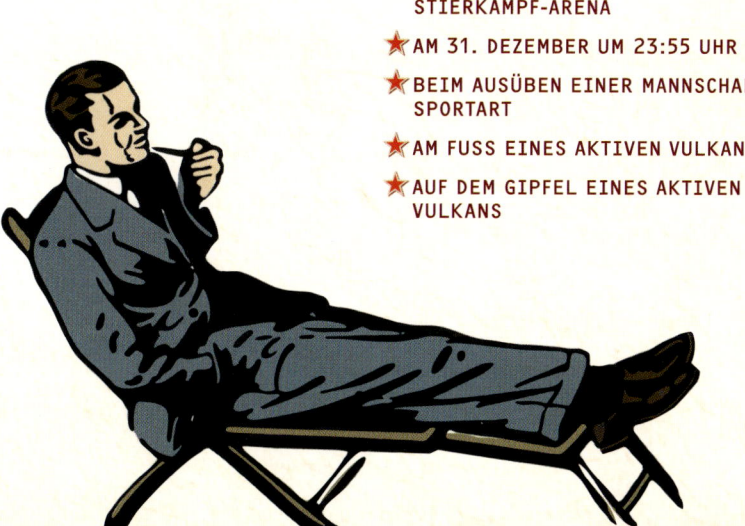

#CHILLEN

IM WELTRAUM STÖRT DICH NIEMAND BEIM CHILLEN.

Chillen muss man nicht alleine – aber manche Begleiter sind besser geeignet als andere ...

In dieser Gesellschaft kannst du gut chillen

5.) Eine zufriedene Katze

4.) Obelix

3.) Ein Freund, der gerade beim Zahnarzt war

2.) Beamte (die natürlichen Vorbilder jedes Chillers)

1.) Dein taubstummer Kumpel

Nicht geeignet als Chill-Begleiter

5.) Eine unzufriedene Katze

4.) Die unternehmungslustige Freundin deiner Mutter

3.) Der Hausmeister mit dem Laubbläser

2.) Der hyperaktive Zweijährige deiner Schwester

1.) Eine Freundin, die ein Problem hat

DER NATÜRLICHE FREUND
DES CHILLERS: DER GRILLER

PHIL THE CHILL

#DROGEN

Lernen, Arbeiten, Zukunft — das ist dir alles zu brav? Du hasst all die Spießer, die morgens aufstehen, die immer Geld haben und sich fit halten? Du wolltest schon immer den Badboy / das Badgirl raushängen lassen? Du hast schon den Kindergarten geschwänzt? Und warst später immer bei den Ersten, die auf Partys gekotzt haben?

Dann haben wir die Lösung für dich:
DROGEN!

Denn Drogen wirken Wunder. Natürlich nicht so Öko-Dampf wie Gras oder Streberpulver wie Kokain. Nein, wir reden von echten Drogen. Von harten, ehrlichen Sustanzen, die nicht jedes Muttersöhnchen verträgt.

Nach nur einem Monat intensiven Konsums von harten Drogen wie Crystal Meth oder Heroin erlebst du folgende positive Veränderungen:

- ★ DU ENTDECKST DEINE STADT NOCHMAL GANZ NEU, WIE EIN TOURIST, UND DU HAST KEINE PEILUNG, WO DU GERADE BIST.

- ★ DU HÖRST TÄGLICH MINDESTENS DREIMAL DEINEN SCHÖNEN NAMEN, WEIL EIN POLIZIST IHN VON DEINEM VERKEIMTEN PERSO ABLIEST.

- ★ DU LIEBST DEINEN DEALER, WIE DU FRÜHER NUR DEINE MUTTI GELIEBT HAST.

- ★ DEINE HAUT NIMMT EINE ABGEFAHRENE, GELB-GRAUE FARBE AN.

- ★ DEINE HAARE FALLEN TEILWEISE AUS, WAS DIR DIESEN UNBERECHENBAREN LOOK VERPASST.

- ★ DEIN CHEF GIBT DIR FREI. FÜR IMMER.

- ★ DU BEGREIFST ALS ERSTER AUS DEINER FAMILIE, DASS „BREAKING BAD" EINE DOKU IST.

- ★ DU WIRST ZUM OUTDOOR-SPEZIALISTEN UND TEILST DIR DEN PLATZ UNTER DER BRÜCKE MIT DEINEN NEUEN COOLEN FREUNDEN.

- ★ DU BRAUCHST BZW. VERTRÄGST KEINE FESTE NAHRUNG – DAS BEDEUTET: SMOOTHIES FÜR DEN REST DEINES LEBENS! WINNING!

- ★ DU MUSST NIE WIEDER ZUM ZAHNARZT UND DIE SCHEISS-ZÄHNE SIND DIR NIE WIEDER IM WEG. SONDERN WEG.

- ★ WIE ES DIE PHILOSOPHEN SEIT EWIGEN ZEITEN EMPFEHLEN, LEBST DU NUR NOCH FÜR DEN MOMENT. YOLO!

#EINERNOCH

Du bist auf einer Party, es ist 1 Uhr morgens und du hast am nächsten Tag ein Vorstellungsgespräch?

Einer noch! ✦

Du sitzt in Papas Porsche und überholst eine LKW-Kolonne kurz vor einer Kurve?

Einer noch! ✦ ✦

Du bist in einer Bar, hast schon ordentlich getankt und der große, fiese Typ wirft dir einen Killerblick zu, weil du seine Freundin angaffst?

Einer noch! ✦ ✦ ✦

Du hast wegen einer Heißhungerattacke gerade 4 Big Macs verdrückt?

Einer noch! ✦ ✦ ✦ ✦

Du hast gerade einen Liter Blut gespendet und bist etwas wackelig auf den Beinen?

Einer noch! ✦ ✦ ✦ ✦ ✦

Es ist 8:30 Uhr früh und du stellst fest, dass du gerade die Teile 1–8 deiner Lieblings-Horrorfilm-Serie am Stück geschaut hast?

Einer noch! ✦ ✦ ✦ ✦ ✦

Wenn ihr das Leben in vollen Zügen auskosten wollt, dann sollte dieser Satz in eurem Wortschatz in Stein gemeißelt werden: **EINER NOCH.** Will sagen: Mehr geht immer! Weil: **YOLO**!

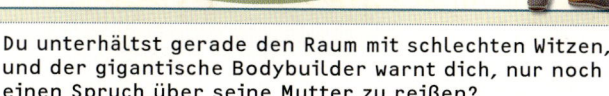

Du unterhältst gerade den Raum mit schlechten Witzen, und der gigantische Bodybuilder warnt dich, nur noch einen Spruch über seine Mutter zu reißen?

Einer noch! (Dann aber rennen – der Kerl ist riesig!)
★ ★ ★ ★ ★ ★ ★

Du hast einen wilden Dreier und vor dem Bett steht der Gastgeber und will auch mitspielen?

Einer noch! ★ ★ ★ ★ ★ ★ ★ ★

Du hast gerade den vorletzten Tausender deines Erbes beim Pokern verzockt?

Einer noch! ★ ★ ★ ★ ★ ★ ★ ★ ★

Du hast schon 4 Polizisten unbemerkt die Mütze geklaut?

Einer noch! ★ ★ ★ ★ ★ ★ ★ ★ ★ ★

Du stehst als Zweiter in der Schlange vor dem letzten Rettungsboot und der Kapitän sagt:

Einer noch! Und ... tschüs! ★ ★ ★ ★ ★ ★ ★ ★ ★ ★ ★

**fakebook**

Til „The Voice" Schweiger

Chronik   Info   Fotos 2   Freunde

Info

Arbeitet als Schauspieler, Regisseur, Autor, Produzent, Vater und Geschenk an die Welt

Wohnt in Hollywood; US of A

36

Freunde · 4

 Til Schweiger

 Luna Schweiger

 Oscar Schweiger

 Emma Schweiger

 Quentin Tarantino

Freundschaftsanfrage ausstehend

Gefällt-mir-Angaben

Manta, Manta

Inglorious Basterds

Keinohrhasen

Zweiohrküken

Dreilochstuten

Vierkantschlüssel

Lindenstraße

LIKE

Freunde ▼   **Nachricht senden** ✉

gemeinsame Freunde   Mehr ↷

Beitrag   **Fotos** 2

Schreib was . . .

 Til „The Voice" Schweiger
10. August

Gerade Two and a half men gesehen – das ist total geklaut von Kockowää 2! Klage wird eingereicht.

Gefällt mir · Kommentieren · Teilen

 Uwe Boll hat dies kommentiert: Yeah, hol dir die Diebe!

 Til „The Voice" Schweiger hat an Christoph Walz' Chronik gepostet: Hey, Bro – wir sollten mal zusammen abhängen, hab dich seit der Oscarverleihung nicht mehr gesehen. Also, ich hab's von zu Hause geguckt und du warst halt da ... egal – call me !

Jetzt
2013
2012
2011
2010
2009
Geburt

37

#FAMILIE

Insbesondere in deinem Kommunikationsverhalten solltest Du ein paar Regeln beachten, damit die Sphären schön sauber getrennt bleiben:

★ ADDE NIEMALS DEINE MUTTER BEI FACEBOOK.

★ ADDE NIEMALS DEINE MUTTER BEI FACEBOOK.

★ SOLLTEST DU FAMILIENANGEHÖRIGE BEI FACEBOOK HABEN, STECK SIE IN EINE BESONDERE GRUPPE, SO DASS SIE NIEMALS DEINE EINTRÄGE LESEN. ODER SOLL DEINE KLEINE SCHWESTER SACHEN LESEN WIE „HEUTE WIRD BIS ZUM UMFALLEN GESOFFEN, YOLO!"? SIE WIRD DICH NUR FRAGEN, OB SIE AUCH EINEN YOLO HABEN DARF; SIE WÜRDE IHN AUCH JEDEN TAG FÜTTERN UND SEINEN KÄFIG SAUBERMACHEN.

★ WENN DU AUF DEINEM RECHNER ETWAS ANSCHAUST, WAS DU NICHT SOLLTEST, UND FAMILIENANGEHÖRIGE MAL WIEDER OHNE ANZUKLOPFEN REINPLATZEN: WINDOWSTASTE+M (WINDOWS) ODER +M (MAC) – DU WIRST ES UNS DANKEN.

★ ADDE NIEMALS DEINE MUTTER BEI FACEBOOK.

★ MAMA, WENN DU DAS LIEST – DAS WAR NUR EIN SCHERZ. ICH HAB GAR KEIN FACEBOOK.

★ VERSUCH GAR NICHT ERST DEINEN ELTERN ZU ERKLÄREN, WAS MEMES SIND. DEINE MUTTER WIRD NUR EIFERSÜCHTIG SEIN UND SAGEN, DASS DU DOCH SCHON EINE MOM HAST UND DIESE MEM EINE SCHLAMPE IST, DIE DIR NICHT GUTTUT.

Eltern und Geschwister zu haben ist ja irgendwie sehr nett — aber auch anstrengend. Es bedeutet Dinge wie „Verantwortung", „Sich-Kümmern" und „Einmischung" — also das glatte Gegenteil von **YOLO**.

Tipps für den analogen Umgang mit Eltern

★ ELTERN SIND WIE THERAPIEPATIENTEN — SIE WOLLEN, DASS MAN MIT IHNEN SPRICHT. AM LIEBSTEN BEI GEMEINSAMEN „MAHLZEI-TEN" AM „ESSTISCH".

★ AUS UNBEKANNTEN GRÜNDEN SOLL MAN DABEI AUCH NOCH SEIN SMARTPHONE WEGLEGEN, ALSO BIS ZU 15 MINUTEN KOMPLETT OFFLINE SEIN.

★ ELTERN INTERESSIEREN SICH FÜR ABWEGIGE DINGE WIE „BERUF" UND „POLITIK" — UND LEIDER AUCH FÜR DEINE FREUNDE (ACH-TUNG: WENN SIE DAFÜR DAS WORT „UMGANG" BENUTZEN, WIRD ES ANSTRENGEND!)

★ WENN DU WOANDERS WOHNST: KALENDER PROGRAMMIEREN AUF „EINMAL WÖCHENTLICH MUTTI ANRUFEN". DAS GESPRÄCH LÄSST SICH WEITGEHEND IM AUTOPILOT-MODUS FÜHREN: ALLE 45 SE-KUNDEN „JA, MAMA" SAGEN — DEN REST ERLEDIGT MUTTI ALLEIN.

★ WENN DU GELD BRAUCHST: MACH BEI ALL DEM EINFACH MIT UND SIEH ES ALS PERFORMANCE-ERFAHRUNG.

Warum Großeltern cooler sind als Eltern

★ SIE HABEN KEIN PROBLEM DAMIT, DICH TOTAL UNPÄDAGOGISCH ZU VERWÖHNEN.

★ SIE HABEN ABGEFAHRENE SECOND-HAND-SACHEN, DIE SIE OFT NICHT MEHR BRAUCHEN.

★ SIE WOLLEN DICH NICHT ERZIEHEN.

★ SIE KENNEN BIZARRE TRICKS WIE Z.B. „ANGELN", „JÄTEN" UND „SELBER KUCHEN BACKEN".

★ SIE WISSEN GENAU, WAS DU MIT YOLO MEINST.

11 ★ A-F

DAS BUCH YOLO

#FIRSTWORLD PROBLEMS

FirstWorldProblems war ursprünglich eine ziemlich sarkastische Bezeichnung für Probleme, die im Vergleich zu denen der Dritten Welt angeblich nur minimal bis gar nicht relevant seien. Es wurde also so getan, als seien Hunger, verschmutztes Trinkwasser und Malaria „wichtigere" und „bessere" Probleme als die, mit denen wir uns täglich herumschlagen müssen.

Mittlerweile weiß man natürlich, dass das kompletter Schwachsinn ist. First World Problems sind Probleme, die uns und nur uns betreffen und deswegen verdammt nochmal ernstzunehmen sind! Wer nach dem Prinzip YOLO lebt, kann sich nicht mit dem Gedanken an wildfremde arme Kinder trösten, wenn eine der folgenden Katastrophen eintritt:

★ DU LIEGST GEMÜTLICH IM WARMEN BETT, BIST NOCH TODMÜDE – ABER DU MUSST DRINGEND AUFS KLO.

★ DU HAST DIE ERSTE STAFFEL EINER SERIE AN EINEM TAG GESEHEN UND MUSST NUN JEWEILS EINE WOCHE LANG AUF EINE EINZIGE FOLGE DER ZWEITEN STAFFEL WARTEN.

★ DER DSL-PROVIDER HAT DIR EINE 16 MBIT-LEITUNG VERSPROCHEN UND VERKAUFT – ABER AUS IRGENDEINEM GRUND HAST DU NUR 6 MBIT.

★ DU WILLST EIN EIS ESSEN UND ES GIBT KEIN STRACCIATELLA, SONDERN NUR VANILLE MIT SCHOKOSPLITTERN.

★ DU HAST DAS DATENPAKET IN DEINEM SMARTPHONE SCHON NACH EINER WOCHE AUFGEBRAUCHT UND JETZT IST ALLES SUPER-LANGSAM.

★ DU SCHAUST DIR EIN YOUTUBE-VIDEO AN UND ES BUFFERT. VÖLLIG GRUNDLOS!

★ DU MACHST EINE CHIPSTÜTE AUF, UM „NUR MAL ZU PROBIEREN" – UND PLÖTZLICH HAST DU SIE KOMPLETT LEERGEFUTTERT.

★ MAMA KOCHT DEIN LIEBLINGSESSEN, ABER DU HAST DICH VORHER AN CHIPS ÜBERFRESSEN.

★ DU KOMMST IN DEIN LIEBLINGSCAFÉ UND DER TISCH AM FENSTER, WO DU AM LIEBSTEN SITZT, IST BESETZT.

★ DU WILLST DEINE 300-€-KOPFHÖRER BENUTZEN UND MERKST NACH 20 MINUTEN, DASS DEINE OHREN DARUNTER ZU WARM WERDEN.

★ DU LIEST EIN KONSENSRELEVANTES FREMDWORT UND KANNST ES NICHT ANKLICKEN UND GOOGELN, WEIL ES IN EINEM ECHTEN BUCH STEHT.

★ DER BUS IST GERADE WEG.

#FLIRTENFÜR MÄNNER

> Hey, Jungs, hier sind gute Nachrichten! Ihr denkt, es sei höllenschwer, an die richtig guten Frauen ranzukommen? Irrtum! Der Umgang mit dem schönen Geschlecht ist gar nicht so kompliziert, wie ihr glaubt.

Alles was man braucht ist:

- ★ SELBSTBEWUSSTSEIN
- ★ HUMOR
- ★ GUTES TIMING
- ★ EIN INTERESSANTES ÄUSSERES
- ★ CHARAKTER
- ★ EMPATHIE
- ★ EIN GEPFLEGTES ERSCHEINUNGSBILD
- ★ ETWAS STIL
- ★ GUTE UMGANGSFORMEN
- ★ SEHR VIEL GELD
- ★ EINE BLUME FÜR IHRE MUTTER

FRAU DOKTOR, WIE STEHT ES UM MICH?

Natürlich gibt es auch No-Gos. Dazu gehören Insidern zufolge neben Mundgeruch und Vollrausch leider auch Super-Anmachsprüche wie diese hier:

★ HEY, HAST DU WASSER IN DEN BEINEN? MEINE WÜNSCHELRUTE SCHLÄGT AUS.

★ HEY, ICH BIN EIN MANN WENIGER WORTE ... POPPEN?

★ DEIN KLEID IST ECHT SCHÖN – WÜRDE GUT NEBEN MEINEM BETT AUSSEHEN.

★ ICH BIN SO SCHLECHT IM BETT, DAS MUSST DU ERLEBEN.

★ KÖNNTEST DU MIR DEIN HANDY GEBEN? ICH WILL MAMA ANRUFEN UND IHR SAGEN, DASS ICH MEINE TRAUMFRAU GEFUNDEN HABE.

★ ES STIMMT WAS NICHT MIT MEINEM HANDY – DEINE NUM-MER IST NICHT DRIN.

(Falls ihr die Sprüche trotzdem ausprobieren wollt – nur zu! YOLO! Aber auf eigene Verant-wortung. Und wenn es tatsäch-lich klappen sollte: Schickt uns bitte unbedingt ein Foto der Frau, die ihr damit rum-gekriegt habt! Gnihihihi!)

KANNST DU SCHWIMMEN? ICH WILL DICH INS BECKEN STOSSEN.

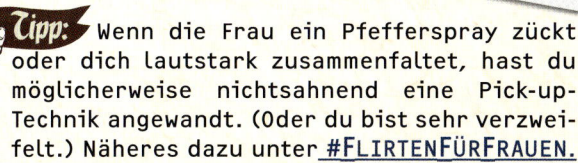

Tipp: Wenn die Frau ein Pfefferspray zückt oder dich lautstark zusammenfaltet, hast du möglicherweise nichtsahnend eine Pick-up-Technik angewandt. (Oder du bist sehr verzwei-felt.) Näheres dazu unter #FLIRTENFÜRFRAUEN.

#FLIRTENFÜR FRAUEN

Frauen haben es auch nicht leicht beim Flirten. Sie können ihre Künste nie in Ruhe entfalten und es genießen, wie sich allmählich eine erotische Spannung aufbaut. Denn wenn sie auch nur einigermaßen akzeptabel aussehen, müssen sie sich nur einmal mit der Hand durchs Haar fahren und für 0,2 Sekunden einen Schlafzimmerblick aufsetzen — und schon steht der Mann ihrer Wahl neben ihnen und liefert sich ihnen auf geradezu entwürdigende Weise mit Haut und Haaren aus. Begleitet wird er von einem Schwarm weiterer, verzweifelter Männer, die sich einbilden, der Blick habe ihnen gegolten. Das ist soooo langweilig.

Die größte Flirt-Herausforderung für Frauen ist es deshalb, schnellstmöglich Pick-ups-Artists zu entlarven. Das sind Männer, die statt Modellautos oder Münzen lieber Bettgeschichten sammeln. Sie betrachten Frauen als Einweg-Gefäße, die man mit billigen Tricks erobert und nach dem Sex zügig entsorgt. Zu Deutsch: Armselige Idioten, die aber echt lästig werden können, wenn man sie nicht rechtzeitig verscheucht.

ACHTUNG: *So bemerkst du einen Pick=Up=Artist*

⭐ ER WILL DICH STÄNDIG BETATSCHEN, OBWOHL DU KLAR „NEIN" GESAGT HAST. ER DENKT, DASS KÖRPERKONTAKT ZUM ZIEL FÜHRT. KANN ER HABEN: HAU IHM EINE REIN.

⭐ ER SPRICHT DICH AUS HEITEREM HIMMEL AN, DAMIT DU DURCH DEN ÜBERRASCHUNGSEFFEKT GE-ZWUNGEN BIST, WENIGSTENS ZWEI WORTE MIT IHM ZU WECHSELN. KANN ER HABEN: „VERPISS DICH!"

⭐ ER WILL WISSEN, WO DU WOHNST, UM „ZUFÄLLIG" IN DEINER NÄHE AUFTAUCHEN ZU KÖNNEN. DU SOLLST DANN DENKEN, DAS SEI „SCHICKSAL". SEIN SCHICKSAL IST, DASS DU IHN NATÜRLICH IN EINEN FALSCHEN, GAAAANZ WEIT DRAUSSEN GELEGENEN STADTTEIL SCHICKST. ZUM BEISPIEL AUF DAS GELÄNDE EINES PITBULL-ZUCHTVEREINS.

OB ER SCHON BEMERKT HAT, DASS ICH MATTHIAS HEISSE?

⭐ ER ERFREUT DICH MIT EIN PAAR KLEINEN BELEIDIGUNGEN — WEIL MAN IHM WEISGEMACHT HAT, DASS FRAUEN UMSO SCHNELLER DAHIN-SCHMELZEN, JE MEHR MAN IHR SELBSTWERTGEFÜHL INS WANKEN BRINGT. DU WEISST JA: SEIN SELBSTWERTGEFÜHL KANNST DU IN 20 SEKUNDEN AUF NULL BRINGEN. SCHAU EINFACH IN SEINE HOSE UND SIMULIERE EINEN LACHKRAMPF. UND WEG ISSER.

⭐ ER TUT SO, ALS WÜRDE ER DIR ZUHÖREN, OBWOHL ER AUF AUTOPI-LOT GESCHALTET HAT UND ALLE 30 SEKUNDEN SAGT: „AHA, AHA, DAS IST JA INTERESSANT" ODER „DAS IST JA TOLL." MACH DIR EINEN SPASS UND ERZÄHL IHM VON DEI-NEM DARMPROBLEM.

#FRIENDS

„Freunde" — ein großes Wort. Jeder kennt es — spätestens, seit der Hausmeister zum ersten Mal gesagt hat: „Freundchen, wenn du noch einmal Dreck im Treppenhaus machst ..." Aber das Wort wird vielfältig verwendet und kann so zu Missverständnissen führen. Hier die wichtigsten Anwendungen:

Facebook-Freunde

Davon hast du viiiiiele, wenn du bei Facebook bist. Und sie sind sehr treu: Sie drücken den „Gefällt-mir"-Button nicht nur, wenn du postest „Bin frisch verliebt", sondern auch bei „Meine Freundin hatte gerade einen schweren Unfall". Und sie beziehen dich in ihr Leben ein, anstatt egoistisch nur ihrem Schatzihasipupsi zu schreiben, dass es bei der Tanke keine Scheibletten mehr gibt. Und das Tollste an den Facebook-Freunden: Sie nehmen nicht nur an deinem Leben Anteil, sondern auch an dem von 287 anderen.

 **Der Nachteil:** Facebook-Freunde sind nur an einem einzigen Menschen interessiert, nämlich an sich selbst. Auf sie zählen oder ihnen etwas anvertrauen kannst du also nicht. Aber wer braucht das schon? Yolo!

WAS, NUR 4.892 FREUNDE?!

Die TV-Serie „Friends"

Kennen nur die #Oldschooler. Für die etwas Jüngeren: Das haben wir geschaut, bevor es **How I Met Your Mother** gab. Im Prinzip ist es dieselbe Show – nur fragten wir uns nicht, wer die Mutter ist, sondern wir fragten uns z e h n Staffeln lang, ob die beiden Hauptfiguren zusammenkommen oder nicht. Überraschung: Sie taten es!

Freunde (echte)

Das ist schon schwerer. Echte Freunde, das sind normalerweise Leute, die man in der Schulzeit/Ausbildung/Uni kennenlernt, mit denen man unzählige Stunden verbringt, dieselben Sachen cool findet, über dieselben Sachen lacht und zusammen Spaß hat.

Der Vorteil ist, dass sie im Ernstfall für einen da sind, immer ein offenes Ohr und meist einen guten Rat haben.

Der Nachteil ist, dass sie blöderweise dasselbe von dir erwarten! Du musst ihnen zuhören, ihnen beim Umzug helfen, Kühlschränke und Waschmaschinen schleppen etc. Da kann man schon verstehen, dass die meisten mehr Facebook-Freunde haben ...

Der Freund / Die Freundin

Das ist der ultimative Freund. Er/sie verbindet all die Vorteile des echten Freunds mit dem netten Zusatz, dass du mit ihm/ihr auch noch Sex haben kannst. Ist das nicht 'n cooler Deal? Die Nachteile bleiben dieselben, nur in verzehnfachtem Ausmaß. Aber ... naja, Sex halt.

#FRIENDZONE

Es gibt zwei Sorten von Menschen – die, die
schon einmal in der Friendzone waren und **DRECKIGE LÜGNER!**
Denn wirklich jeder hatte schon mal das Problem.

Woran erkenne ich, dass ich in der Friendzone bin?

★ SAGT SIE/ER, DU WÄRST WIE EIN BRUDER/EINE
SCHWESTER FÜR SIE/IHN?

★ BESCHWERT ER/SIE SICH, DASS ES LEIDER NICHT
SO VIELE LEUTE WIE DICH GIBT, GEHT ABER DEN-
NOCH NICHT MIT DIR AUS?

★ HEULT ER/SIE SICH BEI DIR AUS, DASS ER/SIE
NIE DEN/DIE RICHTIGE/N FINDET?

★ HAT ER/SIE KEINE PROBLEME, LEICHT BEKLEIDET
VOR DIR RUMZULAUFEN ODER SICH GAR VOR DIR
UMZUZIEHEN?

★ HAT ER/SIE DATES OHNE ENDE – ABER NIE MIT
DIR?

★ ANTWORTET ER/SIE, WENN DU NACH EINEM DATE
FRAGST: „ICH WILL UNSERE FREUNDSCHAFT NICHT
GEFÄHRDEN?"

Solltest du bei einer dieser Fragen mit „Ja" geantwortet haben – Glückwunsch, du bist in der Friendzone!

Was kann ich dagegen machen?

★ KURZE ANTWORT: NICHTS.

★ LÄNGERE ANTWORT: GAR NICHTS.

★ SORRY, EINEN WEG RAUS GIBT ES NICHT.

★ ABER HEY – KOPF HOCH! SO VIELE VOR EUCH LAN-
DETEN IN DER FRIENDZONE, HIER DIE BERÜHMTES-
TEN, DAMIT IHR EUCH NICHT ALLEIN FÜHLT:

- SMITHERS BEI MR. BURNS (SIMPSONS)
- SPONGEBOB BEI SANDY SQUIRREL
- DONALD DUCK BEI DAISY DUCK
- JACOB BEI BELLA (TWILIGHT)
- JOSEPH BEI MARIA
- AMY BEI SHELDON (BIG BANG THEORY)
- DEINE MUDDA BEI GEORGE CLOONEY

WO DIE LIEBE HINFÄLLT ...

DU BIST WIE EIN BRUDER FÜR MICH.

#F***

Natürlich, das Leben ist eigentlich zu schade,
um zu fluchen. Weil: **YOLO**.
Aber manchmal steht einem die verf*** Sch*** bis hier
oben, weil diese F*** einen schon wieder verar*** /
dieses Ar*** einen schon wieder gef*** hat. Dann will
man seinen Frust einfach nur rauslassen. Man will jede
Menge ***-Wörter laut rausschreien. Aber was passiert?
Irgendwer hat überall diese ***-Sternchen programmiert,
die einen am ***-Fluchen hindern. Leute, das ist, als wenn
ich vor Wut einen ver***ten Teller an die Wand schmeißen
will und irgend jemand hat mir ausschließlich ***-Plas-
tikgeschirr in den Schrank gestellt. Also, du ***-Verlag,
spar dir diese ver*** Sternchen! Sonst reiße ich Dir das
*** auf und *** rein!

Liste der akzeptablen Fluchanlässe:

★ HAMMER TRIFFT FINGER- STATT STAHLNAGEL.

★ WECKER NICHT GEHÖRT UND KONZERT DES JAHRES VERPENNT.

★ WECKER GEHÖRT UND ZUR ARBEIT GEMUSST.

★ TIERISCHER DURST UND WEIHWASSER IN DER KIRCHE ALLE.

★ DER UNCOOLSTE KOLLEGE VON ALLEN HAT DENSELBEN KLINGELTON.

★ WETTE GEWONNEN: DAS SCHIFF SINKT TATSÄCHLICH.

Ohne ***-Wörter auskommen solltest du, wenn ...

★ ... DU AUS DEINEM JOB FLIEGST. MEHR FREIZEIT! YOLO.

★ ...DEINE FREUNDIN/DEIN FREUND DICH VERLÄSST. AUF ZUR/ZUM NÄCHSTEN! YOLO.

★ ... DEINE ELTERN DIE MONATLICHE ÜBERWEISUNG STOPPEN. DANN VERDIENST DU DEIN GELD AB JETZT EBEN SELBST, MIT MEDIENKUNST. YOLO.

G–O

Auch wenn Lehrer und Eltern uns permanent ermahnen, den Infos aus dem Netz nicht blind zu vertrauen: Das Wort „Googeln" ist dank des immobilen und mobilen Internet zum Synonym geworden für „eine Information beschaffen / etwas nachschauen / checken/ überprüfen". Aber das ist erst der Anfang. Hier die nächsten Schritte auf dem unaufhaltsamen Weg dieses Worts zum Universalverb unserer Alltagssprache:

Googelt und Ihr werdet finden, sprach Jesus.

Lila-online – die zarteste Vergooglung, seit es virtuelle Schoko-lade gibt.

Wo ist jetzt wieder mein verdammter Hausschlüssel? Ich hab schon in allen Jackentaschen rumge-googelt.

Ich hab schon wieder vergessen, wo ich mein City-Car gestern Abend geparkt habe. Jetzt muss ich wieder Straße für Straße abgoogeln.

DU HAST DEIN PASSWORT VERGESSEN? VERGOOGLE MAL >MUTTI1963<.

Google gutaussehenden, unternehmungslustigen, romantisch veranlagten Mann zwischen 25 und 35, der nicht nur sein mobiles Internet im Kopf hat. Chiffre: www.googlehupf.de

KINDER, DER OSTER-HASE WAR DA! IHR DÜRFT OSTEREIER GOOGELN!

Der Lärm all dieser analogen Menschen hier ist unerträglich. Los, google deine Sachen zusammen, wir reisen ab!

Los Waldi, google das Stöckchen!

Wo ist schon wieder mein Googleschreiber?

Der Hashtag ist die Kunst, komplexe Sachverhalte in einem oder zwei Wörtern zusammenzufassen. Erstmals um 2006 auf Twitter verwendet, taucht er mittlerweile überall auf und hilft uns, unseren Alltag zu ordnen und zu meistern.

Hier ein paar Beispiele:

ICH BESUCHE MEINEN KUMPEL NUR WEGEN SEINER MUTTER.

 **#MILF**

ICH BIN BEDINGUNGSLOSER FAN DER DEUTSCHEN NATIONALMANNSCHAFT, AUCH WENN ICH KEINE AHNUNG HABE, WAS EINE VIERERKETTE IST. HAUPTSACHE PARTY!

 **#SCHLAND**

ICH GLAUBE, ICH ZIEHE HEUTE MAL DAS ROSA PO-LOHEMD MIT DER BEIGEN HOSE ZUR UNI AN. FÜR MORGENS UM 7:30 UHR MÜSSTE DAS REICHEN. ODER, MUTTI?

 **#BwlStudent**

LEUTE, BESTE PARTY EVER, ISCHWÖR!!!!

 **#WoIstMeineHose**

ICH GLAUBE, HEUTE ENTSPANN ICH MICH MAL MIT EINEM GUTEN BUCH ZU HAUSE UND KÜMMERE MICH NUR UM MICH.

 **#ForEverAlone**

Den folgenden Text zum Beispiel hätte man problemlos in nur einem Hashtag unterbringen können:

VOLL DIE HEKTIK WIEDER. EBEN VON 18-STUNDEN-NEW-YORK-TRIP WIEDERGEKOMMEN. RIESENDEAL ABGESCHLOSSEN. IM FLIEGER ZWEI NEUE KAPITEL MEINES ROMANS RUNTERGEHACKT. DANACH KURZ PROJEKTSTAND IN DER GALERIE GECHECKT. BIN JETZT ZUHAUSE FÜR EINE DUSCHE UND EINE NASE. DANACH GEBURTSTAGSPARTY UND ANSCHLIESSEND BERG-HAIN. MORGEN TREFFEN MIT UNIVERSAL-BOSS WEGEN MEINES ALBUMS. 18:00 FLIEGER NACH SINGAPUR. WELTHERRSCHAFT.

 **#KOKSER**

#HIPSTER

Der Hipster. Was kann man über ihn sagen? Naja, eigentlich muss man gar nichts sagen, denn das übernimmt er selbst, wenn du ihn triffst und nicht bei drei auf dem Baum bist. Er wird dir sofort erzählen, wie avantgarde (eines seiner Lieblingswörter) dieses eine Kunstprojekt ist, welches er irgendwann mal startet, sobald er die Inspiration haben wird. Er wird dich verachten, wenn er hört, dass du so Mainstream- (schlimmstes Hipster-Hasswort) Musik hörst wie …. (hier jede Band einsetzen, die halbwegs bekannt oder erfolgreich ist). Er wird sehr viel Namedropping betreiben — mit Namen, die du noch nie gehört hast, die aber wohl superwichtigen Personen gehören. Aber vor allem wird er dir sagen, dass er **KEIN** Hipster ist.

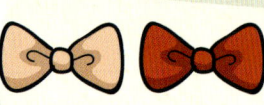

Aber Moment – wie erkennst du dann einen Hipster?
Hier sind Hinweise, dass dein Gegenüber einer sein könnte:

★ ENGE RÖHRENJEANS

★ IRONISCHER OBERLIPPENBART BEI MÄNNERN, SCHNÄUZER AM KETTCHEN BEI FRAUEN

★ EIN SCHAL

★ „VINTAGE"-KLAMOTTEN

★ EIN JUTEBEUTEL

★ EINE SEHR ALTE KAMERA, FÜR DIE ES VERMUTLICH NICHT EINMAL MEHR FILME GIBT

★ ABWEGIGE UNDERGROUND INDIE BANDS, DIE KEIN NORMALER MENSCH KENNT UND ERTRÄGT

★ STUNDENLANGES STYLING, UM SO AUSZUSEHEN, ALS HÄTTE MAN SICH GAR NICHT GESTYLT

★ EIN SCHEINBAR ENDLOSER VORRAT AN CLUB MATE

★ EINE „ICH-BIN-BESSER-ALS-DU"-HALTUNG, WARUM AUCH IMMER

★ SELBSTGEDREHTE ZIGARETTEN

★ EIN PROJEKT MIT MEDIEN

★ EINE VON DEN ELTERN BEZAHLTE ALTBAUWOHNUNG IN STÄNDIG WECHSELNDEN BERLINER STADTTEILEN (WEIL DIE OBERCOOLEN VON VOR 6 MONATEN HEUTE SCHON „DER ABSOLUTE MAINSTREAM-HORROR" SIND.)

★ ALLE APPLEPRODUKTE, DIE MAN TRAGEN KANN

Dein Gegenüber ist kein Hipster, wenn er/sie:

★ ARBEITET

#ICH

„Alle denken ständig an sich — nur ich denke an mich." Dieser Sponti-Spruch („Spontis" waren unsere Großeltern, als sie so alt waren wie heute die Hipster) sagte eigentlich auch nichts anderes als **YOLO**. Denn auch wenn das **Y** in **YOLO** für „you" steht — in deinem Leben zählt eigentlich nur das „**ICH**". Bevor du also irgendwelche Entscheidungen triffst, frag dich stets: „Was habe **ICH** davon?" — „Wie bringt es **MICH** weiter?" — „Will **ICH** das überhaupt?" Die anderen machen es schließlich genauso.

In folgenden Situationen solltest du ganz besonders darauf achten, nicht zu kurz zu kommen:

★ BEIM SEX

★ BEIM MONOPOLY

★ AN DER WASSERRUTSCHE, WO DU MIT LAUTER KINDERN ANSTEHST

★ WENN DIR JEMAND EINE SPENDENDOSE FÜR HUNGERNDE MENSCHEN VOR DIE NASE HÄLT

★ BEIM LETZTEN STÜCK PIZZA

★ BEIM EINSTIEG INS LETZTE RETTUNGSBOOT

Viele nennen ein solches Verhalten „egoistisch" – aber die sind nur neidisch auf deine Fähigkeit, das Wesentliche im Blick zu behalten, nämlich DICH.

Einer der Nachteile könnte zwar sein, dass dich niemand leiden kann, du nirgendwo eingeladen wirst und eines einsamen Todes stirbst, aber ... YODO!

#INSTAGRAM

Die Älteren unter euch werden sich erinnern, dass Instagram früher einmal für die Möglichkeit stand, allen in deinem Umkreis mitzuteilen, dass du gerade etwas wirklich Cooles und Besonderes gesehen hattest.

Mittlerweile steht Instagram für vier Dinge: Nichtssagende Fotos von Essen, von niedlichen Tieren, von Fingernägeln und von Duckfaces. Und das Allerschlimmste: bescheuerte Trends wie Walling oder Planking.

Es wird also Zeit, Instagram zurückzuerobern für das Besondere. Hier sind die Trends der Zukunft:

14:27

39m

petrichor218_gi

741 gefällt das

UGLY BUILDING

Über Jahrhunderte wurden nur Gebäude fotografiert, die aus irgendeinem Grund bedeutend und toll waren. Solche Fotos waren immer mit der stressigen Aufforderung verbunden, da müsse man „unbedingt mal hin", um das „im Original zu sehen". Und so bogen die Eltern dann mit uns von der A 7 ab, nur damit wir mal das Ulmer Münster sehen, den höchsten Schnarchturm der Welt.

Wir ändern das jetzt. Von nun an stellen wir bei Instagram Fotos von schrecklichen Gebäuden ein: hässliche Wohnblocks, schäbige Bürohäuser, Kioske, Hundehütten, insolvente Baumärkte …

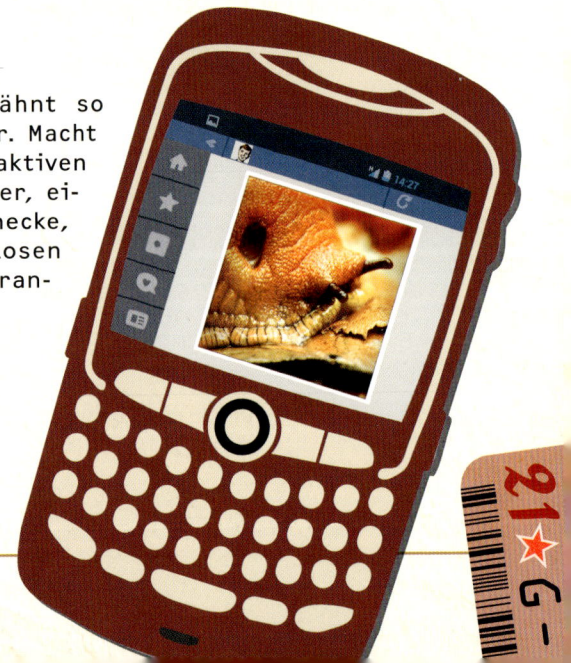

#INSTAGRAM

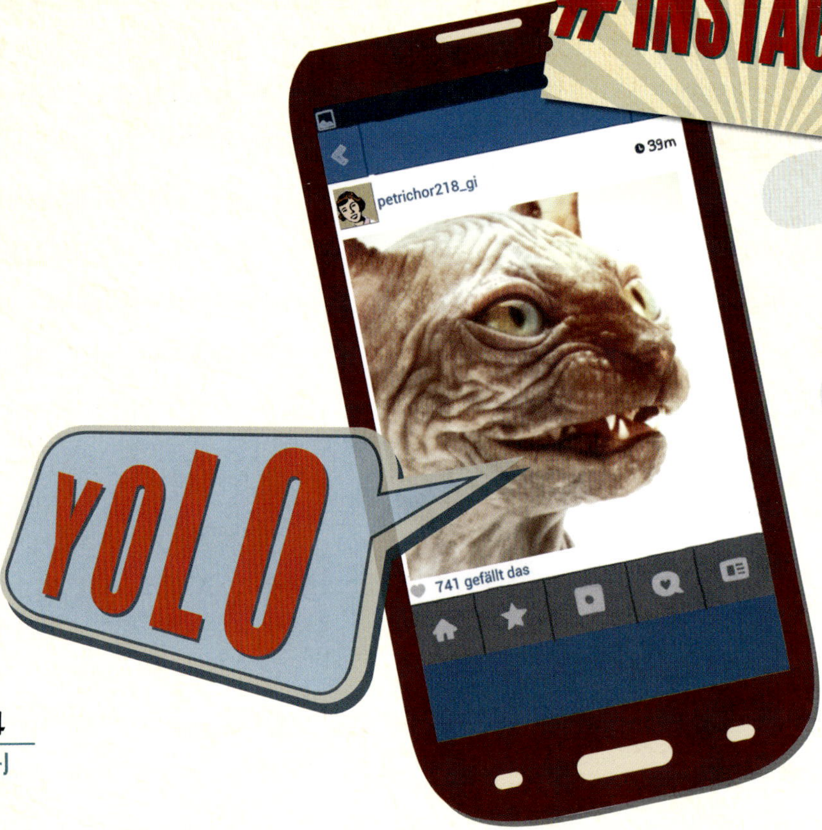
39m
petrichor218_gi
YOLO
741 gefällt das

UGLY PETTING

„Ooooh, das Otterbaby gähnt so süß!" – das kann doch jeder. Macht mal lieber Fotos von unattraktiven Tieren: einem räudigen Köter, einer überfahrenen Nacktschnecke, einer dreibeinigen, haarlosen Katze – oooder von einem garantiert unputzigen Nacktmull.

14:27

DIRTY DISHING

Ach, du hast gerade Ente à l'orange mit crème brûlée vor dir? Wo ist denn da die Kunst? Wir machen stattdessen Fotos von Tellern, auf denen mal Essen WAR – und anhand der angetrockneten Reste darf geraten werden, was es gab. War es Kartoffelbrei mit Erbsen, Leber mit Zwiebeln, Stulle mit Brot oder Steak mit noch mehr Steak? Eurer Phantasie sind keine Grenzen gesetzt. Wenn das mal nicht Kunst ist!

HAPPY NAILING

Instagram ist voll mit toll manikürten Nägeln ... aber will das wirklich jemand sehen? Wir wollen künftig das hier sehen: krumme Nägel, rostige Nägel, rausgezogene Nägel, eingeschlagene Nägel.

#JESUS

JO!

Der bekannte Rapper G-sus v N hat seine ganz eigenen Erfahrungen mit dem Prinzip des **YOLO**. Y-Titty klingelte bei seinem Manager, dem Papst, in Rom.

Y-Titty: Eure Heiligkeit, haben Sie einen Moment Zeit?

Papst: Ich hab's eigentlich heilig, aber ok.

Y-Titty: Wir würden gerne mit Ihnen über Mr. von Nazareth sprechen.

Papst: Sie dürfen ruhig G-sus sagen. Das ist okay für ihn.

Y-Titty: Unsere erste Frage: Kennt G-sus das Prinzip YOLO?

Papst: Oh ja! Wenn jemand Erfahrungen damit hat, dann er. G-sus hatte ja keine leichte Kindheit. Seine Mutter Mary hatte eine schwere emotionale Bindungsstörung, die eine Mutterschaft eigentlich ausschloss, wenn Sie verstehen, was ich meine. Als sich G-sus dann – YOLO! – endlich doch anmeldete, war die Vaterschaft ungeklärt. War es der Frauenarzt? Der Therapeut? Der Heilige Geist? Aber Daddy Joseph war sehr cool drauf: Er nahm den Jungen trotz der prekären wirtschaftlichen Verhältnisse der Familie wie seinen eigenen Sohn an und sprach an seiner Krippe: „YOLO, Junge. Wir ziehen das durch."

Y-Titty: Und ab dann wuchs G-sus behütet auf?

Papst: Von wegen! Als er ein Jahr alt war, musste die Familie vor der Diktatur in ihrem Heimatland fliehen. In einem alten Donkey-Pickup. Die werden heute gar nicht mehr gebaut.

Y-Titty: G-sus ist Ausländer?!?

Papst: G-sus hat eigentlich kein Vaterland. YOLO heißt für ihn, keine Zeit für die Unterscheidung von In- und Ausländern zu verplempern. Und in seiner Bergsession hat er ja auch den Song „Leben und leben lassen" gerappt – das ist für ihn YOLO.

Y-Titty: Wie ging es dann weiter?

Papst: Na ja, die Geschichte ist ja eigentlich bekannt. Das Osterfestival in Jerusalem stand an – und am Vorabend verpfeift ihn ein alter Kumpel wegen angeblicher Drogen. Seit wann ist Weihrauch illegal, frage ich Sie? Jedenfalls haben sie ihn ganz schön aufs Kreuz gelegt. Die haben echt mit allen Tricks versucht, ihn festzunageln. Es sah wirklich so aus, als sei Feierabend.

Y-Titty: YOLO eben – voll ausgereizt bis zum Ende am Karfreitag.

Papst: Tja, so dachten alle. Aber am Sonntag sagte G-sus v N sich dann: „Scheiß auf YOLO – ich fang einfach nochmal von vorne an. Manche leben eben zweimal." Wirklich krass. Allerdings hat er es in seiner Hood dann nur noch ein paar Wochen ausgehalten. Dann ist er in den Flieger und zu seinem echten Vater gejettet. Da lebt er seitdem. Und funkt nur manchmal was runter, damit ich es an die Leute weitergeben kann. Die heutige Botschaft heißt: YOLO – mach was Gutes draus!

Y-Titty: Wir danken Ihnen für das Interview.

I ♥ WEIHRAUCH

ONLY I LIVE TWICE!

DAS BUCH YOLO

23 ★ K-0

#KINDER

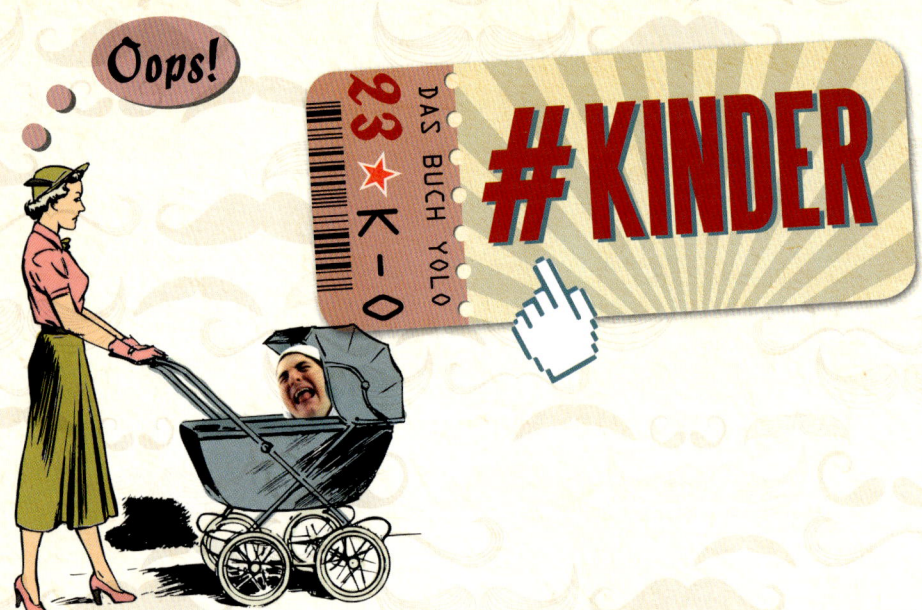

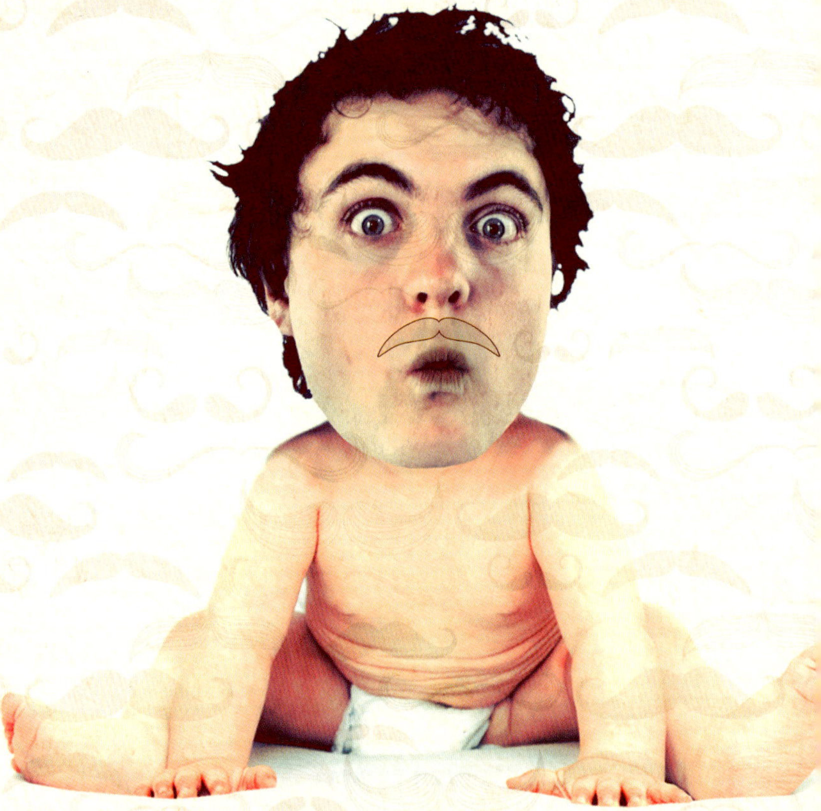

siehe **#KondomGeplatzt**

#KONDOM GEPLATZT

???

Kinder und **YOLO** — ein schwieriges Verhältnis. Einerseits passen Kinder natürlich überhaupt nicht zu einem Leben nach dem Lustprinzip. Andererseits heißt es ja, ein Mann solle in seinem Leben einen Baum pflanzen, ein Haus bauen und einen Sohn zeugen. (Frauen sollten natürlich dasselbe tun, und Töchter zählen genausoviel wie Söhne.) Einigen wir uns darauf, dass die wilden **YOLO**-Jahre (so zwischen 18 und 35) am besten kinderfrei bleiben sollten. Danach soll jeder machen und zeugen und gebären, was er/sie will.

Vorteile von Kindern:

★ KLEINKINDER SIND PERFEKTE YOLOS: SIE NEHMEN IN DEN MUND, WAS SIE GERADE WOLLEN; SIE SCHEREN SICH EINEN DRECK DARUM, WAS ANDERE MEINEN ODER BRAUCHEN; SIE KLETTERN VOM BALKON AUS AUFS DACH, WENN SIE GERADE BOCK DARAUF HABEN USW.

★ KINDER ZAHLEN DIR (HOFFENTLICH) SPÄTER DIE RENTE, UM DIE DU DICH NIE GEKÜMMERT HAST.

★ DU KANNST DESIGNER-KINDERWAGEN DURCH NEUKÖLLN SCHIEBEN.

★ KINDER RÄUMEN (VIELLEICHT) NICHT NUR IHR, SONDERN AUCH DEIN ZIMMER AUF. ODER WENIGS-TENS UM.

★ DU BEKOMMST KINDERGELD.

★ MÄNNER MIT KINDERWAGEN ZIEHEN FRAUEN AN. (UMGEKEHRT LEIDER NICHT.)

Nachteile von Kindern:

▼ KINDER WACHEN FRÜÜÜÜÜÜÜH AUF.

▼ KINDER SIND GARANTIERT GENAU DANN KRANK, WENN DIE PARTY DES JAHRES STEIGT.

▼ KINDER MACHEN GARANTIERT GENAU DANN PARTY, WENN DU KRANK BIST.

▼ DU BEKOMMST ES SCHON WIEDER MIT LEHRERN ZU TUN.

▼ DU KANNST ES EBENSO SCHWER RÜCKGÄNGIG MACHEN WIE EIN GESICHTSTATTOO.

DAS BUCH YOLO 25 ★ G-0

#KULTUR

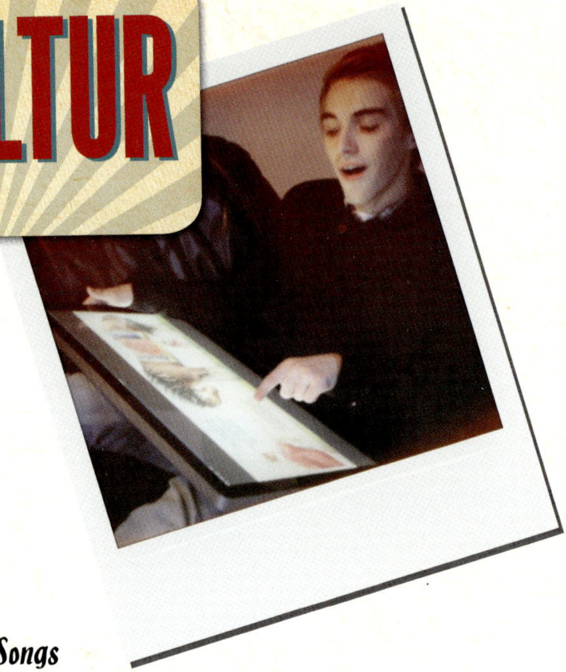

Bücher, die du gelesen haben musst

- ★ NICHT-BUCH
- ★ DAS BUCH YOLO
- ★ FACEBOOK
- ★ DAS MÄRCHEN VON YOLO UND YORINGEL
- ★ LIFE MAGAZIN

YOLO-Songs

- ★ WHO WANTS TO LIVE FOREVER (QUEEN)
- ★ LIVING ON A PRAYER
- ★ LIVIN LA VIDA LOCA
- ★ THRILLER
- ★ KILLING ME SOFTLY
- ★ LIFE IS LIFE
- ★ DER LETZTE SOMMER

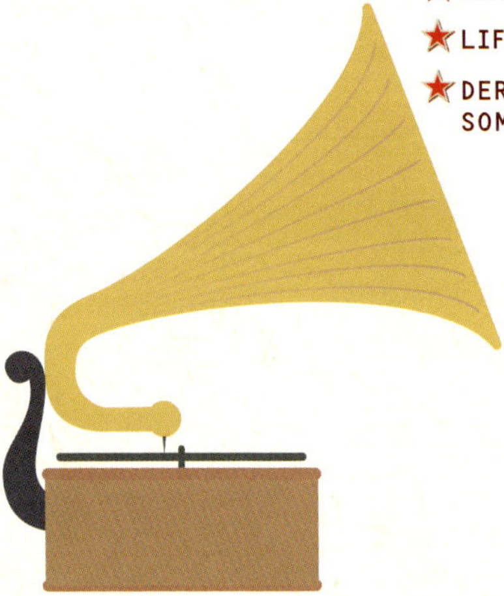

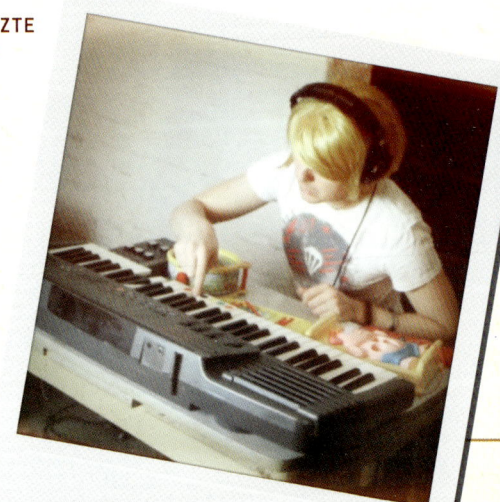

YOLO-Filme

- ★ STIRB LANGSAM
- ★ DER-200-JAHRE-MANN
- ★ YOU ONLY LIVE TWICE
- ★ DER CLUB DER TOTEN DICHTER
- ★ TERMINATOR
- ★ DRACULA
- ★ FRANKENSTEIN
- ★ SPIEL MIR DAS LIED VOM TOD
- ★ BEIM STERBEN IST JEDER DER ERSTE
- ★ DER TOD STEHT IHR GUT
- ★ LEBEN UND STERBEN IN L.A.
- ★ LIVE AND LET DIE
- ★ DIE ANOTHER DAY
- ★ DAS LEBEN DES BRIAN
- ★ THEY LIVE
- ★ NACHT DER LEBENDEN TOTEN
- ★ HANGOVER
- ★ HIGHLANDER

#LET'SPLAY

Die Generation **YOLO** (You Only Live Online) ist schnelllebig und hat kaum Zeit für irgend etwas. Das ist schlecht, weil man ja nur einmal lebt und deshalb eigentlich mörderviel machen muss. Aber die Rettung naht: Videospiele, die dir früher Stunden über Stunden geraubt haben, sind weiterentwickelt worden zu Let's Plays.

Du hast keine Zeit, das neueste Spiel zu spielen? Geh auf YouTube, gib den Namen des Spiels ein und schau Leuten zu, wie sie diese Spiele FÜR DICH spielen und manchmal (na ja, selten) sogar noch lustig kommentieren.

Das ist ein grandioser Fortschritt, der sich in den kommenden Jahren auf weitere zeitraubende Aktivitäten ausdehnen wird.

LET'S EAT: Verschwende deine wertvolle Zeit nicht mit nerviger Nahrungsaufnahme, sondern lass andere das Essen für dich vorkauen!

LET'S READ: Lesen? Zeitverschwendung! Hör lieber einem gebildeten Typen dabei zu, wie er den neusten Roman liest. (Auch bekannt als „Hörbuch". Verdammt geil.)

Gearbeitet wird momentan auch an folgenden Anwendungen:

LET'S SHOWER: Morgens noch ne halbe Stunde länger dösen, während jemand für dich duscht. (Gegen einen kleinen Aufpreis stinkt er auch für dich.)

LET'S LEARN: Stunden in der Schule oder Uni absitzen – ohne dich!

LET'S FAIL: Zuschauen, wie statt dir jemand anderes durch die Prüfung rasselt.

LET'S SPORT: Fitness ist super – vor allem, wenn man sich den Schweiß und den Muskelkater spart.

LET'S CINEMA: Online mit jemandem verbunden sein, der sich für dich den neuesten Film deines Lieblingsstars anschaut – mega!

LET'S DRINK: Endlich Party machen ohne Reue und Kater!

LET'S DIE: You Only Live Once – da solltest du es dir nicht leisten, selbst zu sterben.

LET'S SLEEP TOGETHER: (selbsterklärend)

#LIKEN

Likes sind kleine Statussymbole,
die in unserer Welt heutzutage vielleiiiiiicht
etwas zu ernst genommen werden. Im Internet sind
Likes beinahe schon wie eine Währung.
Manche kämpfen recht verzweifelt darum.
Wenn ihr jemanden kennt, der schon mal einen
der folgenden Sätze geschrieben habt, solltet
ihr ihn / sie n i c h t liken:

YouTube:

★ ERSTER!

★ LIKEN, WENN IHR DENKT, DASS DIE VIDEOS IMMER SCHLECHTER/BESSER WERDEN.

★ LIKEN, DAMIT SIE DAS SEHEN.

★ WER MICH LIKED, DEN LIKE ICH ZURÜCK.

★ LIKEN, WER DAS VIDEO AUCH GESEHEN HAT.

★ LIKEN, WER YOUTUBE GUT FINDET.

Facebook:

★ WENN DIESES FOTO 500 LIKES BEKOMMT, WIRD MEIN VATER MIR EIN AUTO KAUFEN.

★ LIKE, WENN DU DENKST, DASS KRIEGE SCHLIMM SIND.

★ LIKE DIESEN STATUS, WENN DU AUCH WILLST, DASS IN AFRIKA KEINE KINDER MEHR HUN-GERN, DASS KREBS GEHEILT WIRD UND DER WELTFRIEDEN AUSBRICHT.

★ LIKEN, WER ES MAG, WENN ER ETWAS LIKEN KANN.

★ LIKEN, WER SICH SORGEN MACHT (IRGENDWELCHE).

★ LIKEN, WER AUCH BEI FACEBOOK IST.

Google+

★ ... WAR NUR 'N WITZ, DAS BENUTZT NIEMAND.

#NOHOMO

Der Ausdruck „No Homo" entstand irgendwann in den 90ern, im Kreise von extrem homophoben Gangsta-Rappern. Diese wollten sich zwar gegenseitig Komplimente machen, hatten jedoch furchtbare Angst, allein wegen einer Aussage wie „Hey, nettes Shirt" als schwul zu gelten. Durch das Anhängen des Zusatzes „No Homo" stellten sie sicherheitshalber nochmal für alle klar, wie unheimlich und absolut hetero sie waren.

Und manchmal ist das wirklich hilfreich im Alltag. Wenn du ein heterosexueller Mann bist und plötzlich das Bedürfnis hast, zu einem anderen Mann (z.B. deinem Chef, deinem Prof oder deinem besten Kumpel) einen der folgenden Sätze zu sagen ...

★ „HEY, ICH FINDE DICH ECHT SÜSS."

★ „WOW, AN DEINER HOSE SEHE ICH ABER WIIIIIRK-LICH, WIE ES DIR GERADE GEHT."

★ „HEY KUMPEL, LUST AUF NE SCHNELLE NUMMER ZWISCHEN ZWEI HEISSEN TYPEN?"

★ „ICH WÜRDE DICH SEHR GERNE NACKT SEHEN."

... dann musst du in sein ratlos-entsetztes (oder begeistertes, je nachdem) Gesicht hinein nur sagen „No Homo!" – und schon löst sich die Situation in fröhliches Schmunzeln auf.

Auch in anderen Lebenssituationen hilft der No-Zusatz böse Missverständnisse zu vermeiden.

★ JEMAND HAT GEHÖRT, WIE DU DEN GESCHMACK VON CLUB MATE GELOBT HAST? „NO HIPSTER!"

★ DU HAST EINEN GANZEN SATZ SO GENUSCHELT, DASS KEIN MENSCH DICH VERSTANDEN HAT? UND MAN HÄTTE AUCH OHNE NUSCHELN KEINEN VERNÜNFTIGEN SINN IN DEINEM SATZ ENTDECKT? „NO SCHWEIGER!"

★ DU TRINKST DEINEN KAFFEE GRUNDSÄTZ-LICH SCHWARZ? „NO RACIST!"

★ DU HAST GERADE IM VOLL-SUFF EINE LOKALRUNDE SPENDIERT? „NO MONEY!"

fakebook

Barack „Change" Obama

Chronik   Info   Fotos 2   Freunde

Info

 Arbeitet als Liebender Vater, treuer Amerikaner, Herrscher der freien Welt.

 Wohnt in White House, Washington DC

 Kommt aus Honolulu (Hawaii)

Gefällt-mir-Angaben

Filme

Air Force One

Independence Day

Space Jam

Braucht nur einen Freund

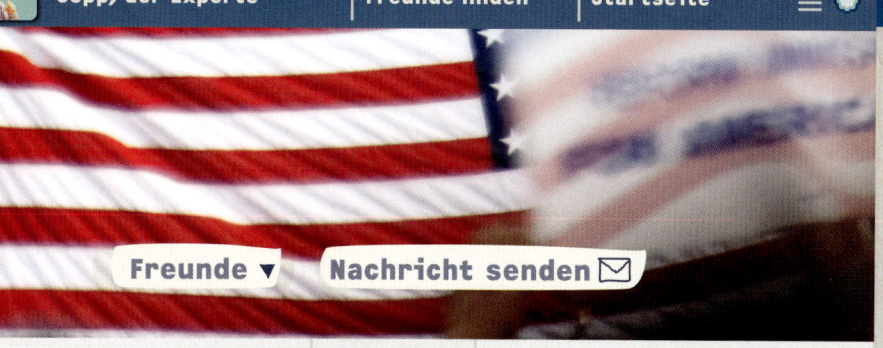

Freunde ▼   Nachricht senden ✉

lle | Mehr ⤵

Beitrag   Fotos 159.8569

Schreib was . . .

 Barack „Change" Obama
11. September

Und wieder den Frieden zwischen uns und dem Osten
gesichert. Amerika FTW!

Gefällt mir · Kommentieren · Teilen 👍

 Wladimir Putin schrieb: Träum ruhig weiter.

 Barack „Change" Obama schrieb: Fragt nicht, was euer
Land für euch tun kann, fragt, was ihr für euer Land tun
könnt – JFK

 Wütender Bürger schrieb: Du könntest vielleicht die
Schulden tilgen, die wir haben! Ach ja, und was ist mit
dem Scheiß, dass du unsere Daten lesen kannst!

 Barack „Change" Obama schrieb: Sorry L

 George W. Bush schrieb: Haha, wie fühlt sich das an,
der unbeliebteste Präsident zu sein?

 Barack „Change" Obama schrieb: Du musst es doch wissen.

Jetzt
2013
2012
2011
2010
2009
Geburt

81

#OLDSCHOOL

Egal ob Kult oder Katastrophe — was früher war, ist auf jeden Fall sowas von gestern! Hip ist nur das Heute. Keine Zeit für Nostalgie — **YOLO**!

Allerdings haben das unsere Eltern auch schon gemeint, als sie jung waren und die Backstreet Boys hörten. Und unsere Großeltern waren ebenfalls sicher, dass nach den orangefarbenen Kinderzimmern und den komischen 68ern nichts wirklich Neues mehr kommen würde. Aber die jetzige Gegenwart wird natürlich wirklich nie zu toppen sein. Oder? Spielen wir's mal durch.

#G-0

Dr. Matthias R. (69) nickt zustimmend. **„Und weißt du noch, wie wir uns selbst aussuchen konnten, welche Spiele wir am PC spielen wollten? Ohne Antiaggressionszertifikat?"** – „Was war nochmal PC? Ach ja, diese Kisten, für die man einen eigenen Tisch hatte." Phil schmunzelt und sieht sich in seiner komfortablen Sechs-Quadratmeter-Wohnzelle um. **„Früher hatten wir ja noch mehrere Zimmer! Alleine! Völlig irre! Ach, guten Tag, Herr Nachbar. Na, mal wieder arbeiten? Ist schon wieder der 25.?"** Ein Mann kriecht unter dem Flugsofa hervor, startet das Hygieneprogramm und schiebt sich dann an den anderen Bewohnern vorbei aus der Zelle.

„Lady Gaga – das war wenigstens noch Musik!". Philipp L. (70) ächzt ein wenig, als er sich aus seinem durchgesessenen Flugsofa aus den 40ern erhebt. **„Aber was heute so an Geräuschen aus dem Universalgerät kommt ... furchtbar!"**

#OLDSCHOOL

"Sag mal, wollte Oguz nicht heute vorbeikommen, mit seinem neuen Urenkel?" – „Er hat doch eben gesnaggt, dass es später wird." – „Ach, an dieses neumodische Snaggen kann ich mich auch nicht gewöhnen. Ich denke immer noch, das sind Kopfschmerzen. Ich fand unsere Smartphones ja gar nicht schlecht. Und eigentlich völlig ausreichend. Vor allem, als die >Alles-gratis-für-Alle-Flatrate< eingeführt wurde."

"Ooooopa! Hör endlich auf, von früher zu erzählen. Jetzt ist jetzt. Aber XYI(%HDJDÖÄ ist nun mal die geilste Gruppe!" – „Noch nie gehört! Was machen die so?" – „Na, Videos, Opa! Voll das Retro-Medium. Unser Virtual Teacher hat gesent, dass wir auf Videos so abfahren wie ihr damals auf Cro oder wie der hieß."

P–S

#PARTEI PROGRAMM

DAS BUCH YOL
30 ★ P-S

Die Bundestagswahl 2013 war die letzte normale. Denn beim nächsten Mal tritt die **YOLO**-Partei an. (Jedenfalls, wenn sich jemand findet, der den ganzen Organisationskram übernimmt.)

KER

Das Parteiprogramm steht schon:

DAS ZEHN-PUNKTE-PROGRAMM DER YOLO-PARTEI

- ☞ DIE SCHULPFLICHT WIRD ABGESCHAFFT, DAFÜR GIBT ES BUNDESWEIT GRATIS UND ÜBERALL WIFI-HOTSPOTS FÜR GOOGLE UND WIKIPEDIA.

- ☞ GESETZLICHES VERBOT LAHMER FAMILIENURLAU-BE, DAFÜR SUBVENTIONIERUNG VON SURVIVAL-ABENTEUERN.

- ☞ FÜHRERSCHEIN AB 14.

- ☞ DIE WEIHNACHTSFEIERTAGE WERDEN IN YOLO-DAYS UMBENANNT.

- ☞ DIE WAHLLOKALE SIND VON 16:00 UHR BIS 2:00 MORGENS GEÖFFNET.

- ☞ DIE ALTERSGRENZE FÜR MINISTER BETRÄGT 40 (NICHT ÄLTER).

- ☞ DIE DEUTSCHE BOTSCHAFT IN JAPAN WIRD VON TOKIO NACH YOLOHAMA VERLEGT.

- ☞ JEDER BÜRGER IST STAATLICH GEGEN DIE FOLGEN DÄMLICHER YOLO-AKTIONEN (#ACTION) VERSI-CHERT.

- ☞ JEDER LESER UND JEDE LESERIN DIESES BUCHS MUSS JETZT E N D L I C H LERNEN, BIS ZEHN ZU ZÄHLEN! ABER ECHT!

HEIMLICHES PARTEIMITGLIED: ANYOLA MERKEL ZEIGT MIT DER HIPSTER-GESTE IHRE SYMPATHIE FÜR DIE YOLO-PARTEI.

#PARTY

PARTY! Allein das Wort ist Musik in den Ohren. Mehr Musik in den Ohren geht nicht. Außer vielleicht durch ... naja, Musik. Auf jeden Fall sollte **PARTY!** eine eurer größten Prioritäten werden. Nach der **YOLO**-Philosophie ist das Leben kurz und sollte ausgekostet werden — am besten in Form von Massenbesäufnissen.

So wird eure Party riiichtig YOLO:

★ SORGT FÜR AUSREICHEND MUSIK! SPOTIFY GEHT ZUR NOT AUCH, ABER DER ANSAGER KÖNNTE AUF DIE DAUER NERVIG WERDEN.

★ NICHT NUR BEI DEN COCKTAILS, SONDERN AUCH BEI DEN GÄSTEN KOMMT ES AUF DAS PERFEKTE MISCHUNGSVERHÄLTNIS AN.

Aus Männersicht:

★ 2 FRAUEN AUF EINEN MANN SIND GUT, 9 FRAUEN AUF EINEN MANN NATÜRLICH NOCH BESSER.

Aus Frauensicht:

★ 5 NETTE MÄNNER FÜR MICH ZUR AUSWAHL.

★ 5 FREUNDINNEN, MIT DENEN ICH GUT FEIERN KANN.

★ 5 FREUNDINNEN, BEI DENEN ICH MICH AUSHEULEN KANN, WEIL DIE 5 MÄNNER DOCH NICHT NETT SIND.

Bedingung: Keine der Frauen konkurriert mit mir um die Männer. Denn auch wenn sie nicht nett sind – sie sind m e i n e Nicht-Netten!

Denkt daran, jede Sekunde der Party
festzuhalten! Instagram, Vine, ein
simpler Camcorder oder eine Webcam,
verbunden mit der internationalen
Raumstation, sollten dafür reichen.

Da die coolsten Sachen wie zum Beispiel Atombomben und der Triple Bacon Burger aus den USA kommen, solltet ihr auch die Spiele von dort holen. Beerpong ist Pflicht für eine YOLO-Party.

Beer|pong ['bihrpong]
engl. Substantiv. Neutrum.
Trink- und Gesellschaftsspiel mit starker Bet.
der Hand-Auge-Koord. B. wird mit (mglchst. roten)
Pappbechern, Bier und Pingpong-Bällen gesp.

Und hier die Regeln: 2 Spieler oder Teams stehen sich an jeweils einer Tischseite gegenüber. Jedes Team hat vor sich eine Formation aus mit Bier gefüllten Pappbechern. Ziel des Spiels ist es, einen Tischtennisball in einen gegnerischen Becher zu werfen. Sobald der Ball dort landet, muss der Gegner den Becher austrinken. Geworfen wird abwechselnd. Wer zuerst alle Becher des Gegnerteams getroffen hat, gewinnt. Der, der am meisten Bier trinken musste, aber auch.

YOLO!

DAS BUCH YOLO
P-T

Drinks sollte es reichlich und hochprozentig geben – nur halb betrunken von einer Party zu kommen ist nicht YOLO.

Hier ein vernünftiges Rezept:

YOLO-Drink

1L	RUM
1L	VODKA
1L	KORN
1L	FROSTSCHUTZMITTEL (FRAGT IN EINER AUTOWERKSTATT EURES VERTRAUENS)
1L	TEQUILA
1L	SEKT
1EL	EIERLIKÖR (FÜR DEN GESCHMACK)
1L	SALZSÄURE (UM DEN EKLIGEN EIERLIKÖR-GESCHMACK ZU NEUTRALISIEREN)

#PA

Alles in eine Badewanne kippen, mit einem Holzstab umrühren (Metall würde schmelzen) und mit großen Schlücken aus der Badewanne süffeln – YOLO!

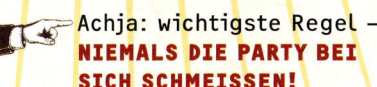 Achja: wichtigste Regel – **NIEMALS DIE PARTY BEI SICH SCHMEISSEN!**

#HANGOVER

Nichts sagt so deutlich, dass die Party perfekt war, wie ein ordentlicher Hangover mit Filmriss. Je weniger ihr wisst und je schlechter ihr euch fühlt, desto besser war's.

Ihr liegt in einer Badewanne, gefüllt mit einer Mischung aus Erbrochenem und Benzin, neben euch liegt ein Gangster mit einem Koffer voller mexikanischer Pesos und das ganze findet in einem Richtung Erde trudelnden Helikopter statt? Dann kann die Party ja nur mittelmäßig gewesen sein. Aber das ist nicht schlimm – es gibt immer ein nächstes Mal. Es sei denn, ihr habt YOLO wieder mal zu ernstgenommen.

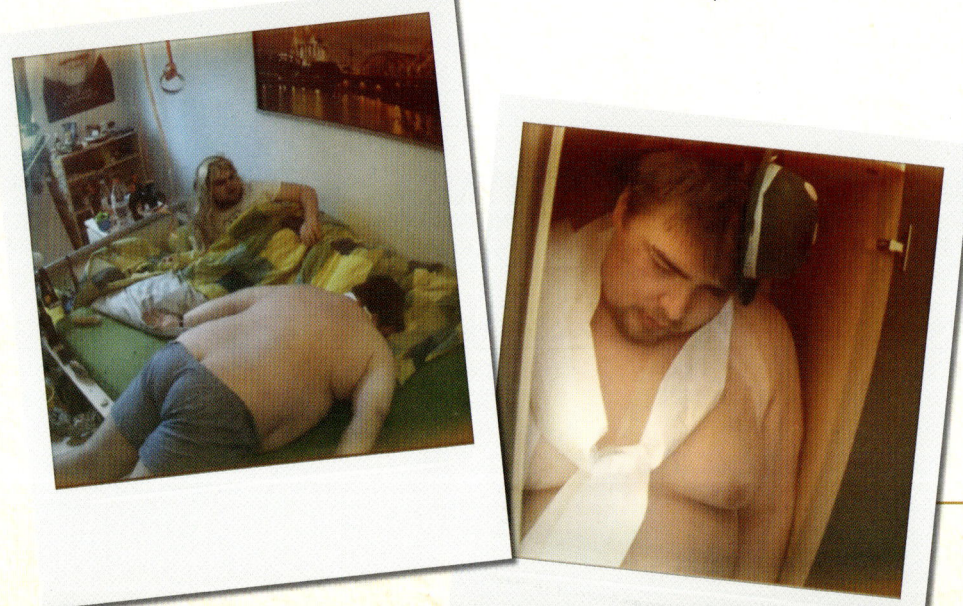

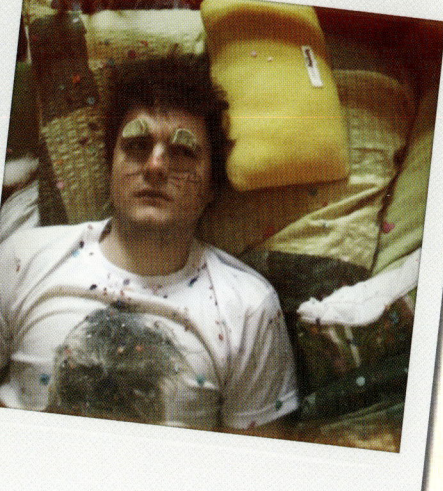

Falls ihr nochmal in eurem Leben Party machen wollt und deshalb wieder auf die Beine kommen müsst – hier ein Mittelchen gegen den Kater:

ESSIGGURKEN

ASPIRIN

KONTERBIER

KAFFEE

ESPRESSO

ZITRONE

SARDELLENPIZZA

WELEDA-HEILERDE

ELEKTROLYTE

ELEKTRORASENMÄHER

Alles verrühren und auf Ex!

33 ★ P-S
DAS BUCH YOLO

#PIMMEL

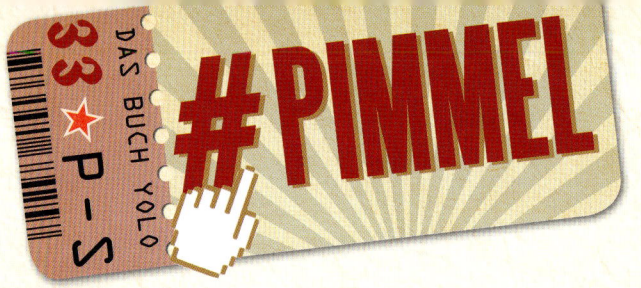

PIM

MEL

97
#P-S

#PLACES TOBE

Natürlich ist es wichtig, wo man hingeht, wenn man mal chillen, was essen oder einfach abhängen will. Hier die **YOLO**-Kriterien für die Qualität einer Location:

Cafés

Wichtiger noch als ein guter Cappuccino ist: Hat das Café auch WLAN? Und zwar ein offenes, so dass man nicht den Kellner nach dem Netzwerkkennwort fragen muss? Das gehört zum Mindeststandard! Und: Kann man dort mit einem Club Mate fünf Stunden rumsitzen, ohne mit dreisten Fragen wie „Darf's noch etwas sein?" belästigt zu werden?

Restaurants

Während früher die Plätze am Fenster die guten und die in der Nähe der Küche oder der Toilette die schlechten waren, gibt es heutzutage nur noch einen Faktor: Gibt es in der Nähe des Tisches eine Steckdose?

Bars

Die Preise oder das Ambiente sind nicht mehr entscheidend. Hauptsache, das Lokal hat einen coolen Ruf – am besten eine Biker Bar, in der die Hells Angels unter sich sein wollen, oder eine Bar irgendwo unter einer Brücke, in der aus offenen Eimern ein obskures Bier ausgeschenkt wird, von dem du noch nie gehört hast. Es muss aufregend sein, voller interessanter (gefährlicher) Personen und es darf sich niemand dort reintrauen außer euch, denn: YOLO.

Clubs

Es gibt mittlerweile in jeder Stadt so viele Clubs, dass man kaum weiß, wohin. Folgende Kriterien sollten erfüllt sein, wenn ihr ein cooles Erlebnis haben wollt:

★ IHR SOLLTET DEN TÜRSTEHER KENNEN ODER ZUMINDEST AUF DER GÄSTELISTE STEHEN.

★ DER DJ SOLLTE EIN ECHTER DJ SEIN UND NICHT JEMAND, DER AUF DEM MACBOOK AUF PLAY DRÜCKT.

★ DIE GETRÄNKE SOLLTEN EINEN NORMALEN PREIS HABEN – YOLO IN ALLEN EHREN, ABER 10 € FÜR EIN BIER IST EINFACH NICHT COOL.

★ SPÄTESTENS 3 STUNDEN NACH DEINER ANKUNFT SOLLTE EIN „IRONISCHER" SONG AUS DER VERGANGENHEIT LAUFEN, ZUM BEISPIEL ETWAS VON DEN BACKSTREET BOYS ODER AUS DEN ANFANGSJAHREN VON BRITNEY SPEARS.

Der wichtigste Punkt ist übrigens: Sagt niemals über eine Location, sie sei „the place to be" – sobald es gesagt ist, verliert der Ort nämlich wie von Zauberhand genau diese Eigenschaft. Also: psssst!

#PLEITE

Was ist so ziemlich die schlimmste Hürde für ein **YOLO**-erfülltes Leben? Genau: pleite sein! Denn wie will man so coole Sachen machen wie Snowboarden, Wakeboarden oder mit Fallschirmen aus brennenden Wolkenkratzern springen, wenn man keine Kohle hat?! Wenn ihr auf die Schnelle ein paar Scheine braucht, könntet ihr Folgendes versuchen:

Nicht YOLO!

15 YOLO-Ideen, um an Kohle zu kommen

⭐ ALS DEALER ARBEITEN

⭐ EINEN DEALER AUSRAUBEN

⭐ DIE MUTTER EINES DEALERS AUSRAUBEN

⭐ EINE NIERE VERKAUFEN

⭐ EINE EIGENE NIERE VERKAUFEN

⭐ DIE ZWEITE NIERE VERLEIHEN

⭐ MEDIKAMENTE TESTEN

⭐ WAHLLOS REICHE MENSCHEN VERKLAGEN

⭐ DIE HELLS ANGELS MIT EUREM CITYROLLER ZU EINEM DRAG RACE RAUSFORDERN

⭐ FÜR DIE RUSSEN-MAFIA LEUTE „BESEITI-GEN", BIS IHR SELBST SO GROSS WER-DET, DASS IHR „BESUCH" BEKOMMT

⭐ IN DER 1. KLASSE DES ICE SCHWARZFAH-REN (BRINGT KEINE KOHLE, SPART ABER VIEL UND IST VERDAMMT BEQUEM)

⭐ DIE KLITSCHKOS AUF 12 RUNDEN HER-AUSFORDERN

⭐ REICH HEIRATEN

⭐ DEN Y-TITTY-SONG „YOUTUBE MONEY HATERS" KLAUEN UND ALS EIGENEN SONG (MIT YOUTUBE-VIDEO) AUSGEBEN

⭐ IM LOTTO GEWINNEN (SELBE CHANCEN AUF ERFOLG WIE DIE VORHERIGEN PUNKTE)

⭐ MAN KÖNNTE SICH NATÜRLICH EINEN #BERUF SUCHEN, DER EINEN INNER-LICH ERFÜLLT, SPASS BEREITET, EIN STÄNDIGES UND SICHERES EINKOM-MEN GARANTIERT UND IN DEM MAN LERNT BIS 15 ZU ZÄHLEN. ABER – YOLO!

Was tun mit einem Lottogewinn?

⭐ SCHREIB UNS, WAS DU MIT 1 MILLION MACHEN WÜRDEST. ABER ACHTUNG – ES GELTEN DIE REGELN WIE BEIM „TABU". DIE WÖRTER „REISE", „URLAUB", „HAUS", „AUTO" UND „ENDOPLASMATISCHES RETI-KULUM" SIND VERBOTEN.

–>humor-lektorat@carlsen.de

#PORNO

Früher war „Porno" nichts anderes als ein cineastisches Genre: Naturfilme mit raffinierten Dialogen, überraschenden Handlungssprüngen („Ich soll hier die Pizza abgeben!" — „Ich bin total feucht. Komm!") und Menschen, die immer und immer und immer wieder das mit den Bienen erklären. Und vorführen.

Diese Bezeichnung gilt bekanntlich weiterhin. Pornos gemäß dieser Definition sind der Grund, aus dem a l l e Familienmitglieder, Freunde und Mitbewohner – so wie ihr selbst – i m m e r auf den Desktop / die leere Googlemaske starren, wenn es überraschend an der Tür klopft.

Was unsere Eltern nicht kannten, war die Verwendung des Begriffs „porno", um aus= zudrücken, wie krass oder cool etwas ist. Das birgt das Risiko von Missverständnissen. Wir empfehlen, sich in Gegenwart von Senioren (ab 40 oder so) auf folgende Verwen= dungen zu beschränken:

Diese Sätze sollten eher vermieden werden, um Problemen vorzubeugen:

Einzige Ausnahme:
Sie spielen tatsächlich in so einem Streifen mit – was euch aber einen Haufen anderer Probleme bringen dürfte.

#RANZEN SPANNEN

YOLO – *das bedeutet beim Thema Essen dreierlei:*

★ 1.) HAU ORDENTLICH REIN – WER WEISS, WANN ES WIEDER WAS GIBT. MÖGE DER RANZEN SPANNEN! YOLO!

★ 2.) VERLASSE DIE AUSGETRETENEN KULINARISCHEN PFADE UND ZIEH MAL ANDERE SACHEN DURCH:

GRUNDSÄTZLICH ERST ABENDS FRÜHSTÜCKEN. UND RICHTIG KRACH SCHLAGEN, WENN DU KEIN „KLEINES FRÜHSTÜCK 2" GEBRACHT BEKOMMST, NUR WEIL ES SCHON 22:00 UHR IST.

WILDE KOMBINATIONEN AUSPROBIEREN WIE Z.B. KIRSCHKUCHEN MIT SAHNEHERING, TOMATEN MIT NUDELSAUCE, FISCH MIT MESSER.

SCHMEISS MAL EINE WOCHE LANG ALLES – WIRKLICH ALLES – IN DIE FRITEUSE: MARSHMALLOWS, CORNFLAKES, ERDBEERJOGURTH, MOUSSE AU CHOCOLAT, KARTOFFELSTÄBCHEN, KAUGUMMI, ZAHNPASTA, DEN HAMSTER DEINER SCHWESTER ... ALLES!

★ 3.) DU MUSST ALLES ...
(FORTSETZUNG AUF S. 106).

Pizza

Hot Dogs

Nun, solange es auf einer halbwegs seriös aussehenden Speisekar-
te steht, sollte das kein Problem sein. Spannend wird's, wenn die
Menschen, die das essen, nicht so richtig gesund aussehen. Oder
wenn du einen Mediziner dabeihast, der dir erzählt, wie oft die
niedlichen, knusprigen Meerschweinchen nicht nur mit Kräutern,
sondern auch mit Pestbazillen gefüllt sind ...

#RANZEN SPANNEN

Donuts

DAS BUCH YOLO
31

Weisheiten eines Ranzenspanners:

★ SIEH DEINEN RANZEN WIE EINEN VORRATSSCHRANK MIT DREI FÄCHERN: EIN VOR-, EIN HAUPT- UND EIN NACHSPEISEFACH. BEFÜLLE SIE ENTSPRECHEND.

★ VERGISS NICHT, REGELMÄSSIG AUF DEM RANZEN RUMZUTROMMELN, UM ALLES GUT ZU VERTEILEN.

★ EIN RANZEN KANN NICHT WEIT GENUG GESPANNT WERDEN.

★ DU ISST NICHT UM ZU LEBEN, DU **LEBST, UM ZU ESSEN!**

★ WENN DU MAL WIRKLICH VOLL SEIN SOLLTEST – WAS SÜSSES GEHT IMMER! (KEINE AUSNAHMEN!)

★ DENK AN DEINE MUDDA: EIN NICHT LEERGEGES-SENER TELLER IST EINE SÜNDE.

★ VERGISS „NORMALE" ESSENSZEITEN WIE FRÜHSTÜCK, MITTAG- UND ABENDESSEN. ES GIBT NOCH:

- · BRUNCH
- · SNACK ZWISCHENDURCH
- · MITTERNACHTSSNACK
- · VORMITTAGSSNACK
- · NACHMITTAGSSNACK
- · NACH-NACHMITTAGSSNACK
- · NACH-MITTERNACHTSSNACK
- · 4-UHR-MORGENS-SNACK
- · KNOPPERS

★ LASS DIR WAS EINFALLEN. ES GIBT KEINEN GRUND, **NICHT** ZU ESSEN.

#REALLIFE

YOLO — You Only Live Online. Das merkwürdige „ echte Leben" da draußen ist was für Eltern und Ökos. Okay, manchmal musst auch du dich mit dem Reallife befassen, weil es blöderweise noch keine Möglichkeit gibt, bestimmte Dinge online zu erledigen. Aber keine Sorge — die Jungs im Valley arbeiten dran.

Apps, die noch fehlen, um den Alltag zu managen

★ AUFSTEH-APP

★ KLO-GEH-APP

★ KOFFEIN-APP

★ AUFWISCH-APP FÜR UMGEKIPPTE KOFFEIN-APP

★ DEO-APP

★ MUTTI-TELEFONIER-APP („JA MAMA, JA MAMA ...")

★ ROHRREINIGUNGS-APP

★ SEX-APP

★ FRISEUR-APP

★ KATZENFÜTTER-APP

Regeln für das Reallife

★ DAS REALLIFE UNTERSCHEIDET SICH VOM MEIST
FOLGENLOSEN HANDELN IN DER ONLINE-WELT
DURCH (ÜBERRASCHUNG): REGELN UND KONSE-
QUENZEN. AUF DER FOLGENDEN SEITE EIN PAAR
WICHTIGE PUNKTE, DIE VOR ALLEM DEINEN
NERDFREUNDEN WEITERHELFEN KÖNNTEN:

Freunde treffen

⭐ FALLS DU WELCHE HABEN SOLLTEST, IST ES EXTREM WICHTIG, DASS DU, WENN DU SIE TRIFFST, IMMER MAL VON DEINEM SMARTPHONE AUFBLICKST UND IHNEN INS GESICHT SIEHST. NOCH BESSER: DIE FLUGMODUS HOUR – EINE STUNDE, IN DER KOMPLETT AUF SMARTPHONES VERZICHTET WIRD UND MAN SICH „UNTERHÄLT" (ACHTUNG, HO- HER SCHWIERIGKEITSGRAD). ANFÄNGER BEGINNEN MIT EINERR VIERTELSTUNDE IM FLUGMODUS. EMPFOHLEN WIRD DAS VORHERIGE HER-UNTERLADEN EINER TUTO-RIAL-APP ZUM THEMA „KONVERSATION".

#REALLIFE

Reisen

⭐ REISEN IST WIE BEI GOOGLE EARTH RUMZUSCROLLEN, NUR TEURER UND VIIIIIEL LANGSAMER. EINE REISE NACH SPANIEN MIT DEM BUS KANN SCHON MAL 2 TAGE DAUERN – ALSO LADE DEIN SMARTPHONE AUF, NIMMT ERSATZ-AKKUS MIT UND FÜR DEN NOT-FALL EIN GUTES BUCH. LETZTERES WAR NATÜRLICH EIN SCHERZ – YOLO.

Zum Arzt gehen

⭐ WENN DER REALLIFE-KÖRPER SICH EINEN VIRUS EINGEFANGEN HAT ODER SICH SONST IRGENDWIE BUGGY VERHÄLT, SOLLTE MAN EINEN DOC AUFSUCHEN. ACHTUNG, DIE WARTEZEITEN LASSEN SICH NICHT VORSPULEN. HILFREICH FÜR ALLE IST ES, DEN MP3-PLAYER SO LAUT AUFZUDREHEN, DASS ALLE IM WARTEZIMMER MITHÖREN KÖNNEN – DAS LENKT SIE ZUMINDEST ZEITWEISE VON DER ANGST VORM ARZT AB.

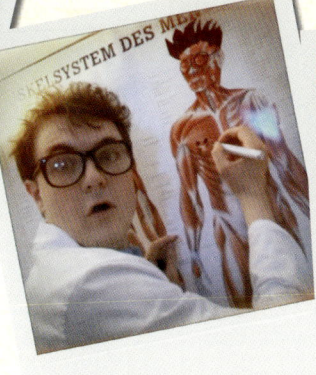

Verwandtenbesuch

⭐ IST VOR ALLEM DANN RELEVANT, WENN DIE VERWANDTEN VON WEIT HER KOMMEN (–> REISEN) UND DU NOCH UNTER 18 BIST – DANN GIBT'S MEIST GESCHENKE. ANSONSTEN KOMMEN IMMER DIE TYPISCHEN NERVIGEN FRAGEN NACH BEZIEHUNGSSTATUS, FINANZIELLER LAGE, ZUKUNFTSPLÄNEN ETC. TIPP: TRAG FÜR SOLCHE FÄLLE IMMER EINE AKTUELLE AUSGEDRUCKTE VERSION DEINES FACEBOOK-PROFILS BEI DIR – DAS SPART ZEIT. UND MANCHE VERWANDTEN SIND TATSÄCHLICH NICHT PERMANENT ONLINE.

Beerdigung (eigene)

⭐ DER PERMABAN IM ECHTEN LEBEN, DAS ENDGÜLTIGE GAME OVER, OHNE RESPAWN (EINZIGE NACHGEWIESENE AUSNAHME: #JESUS).

DAS BUCH YOLO
38 ⭐ P-T

#SCHULE

> Egal, wer du bist und woher du kommst — von
> **SCHULE** hast du zumindest gehört oder sie gar besucht.
> Im schlimmsten Fall, mit Ehrenrunden, so um
> die 15 Jahre lang.
> Die Schule hat den Zweck, jungen Menschen Grundkennt-
> nisse und ein gewisses Allgemeinwissen zu vermitteln
> und sie so auf das Leben da draußen vorzubereiten.
> Wegen Abschluss und Berufsaussichten und so.
> Zumindest hatte sie früher diesen Zweck.

Heute, in den Zeiten von Google, Wikipedia und Twitter, ist die Schule eigentlich nur noch eine staatlich bezahlte Kita mit genervten und alten Babysittern, die ihren Opfern zu verbieten versuchen, ihr Facebook-Profil zu aktualisieren, und 45 Minuten lang Zeugs erzählen, das man locker in einem Tweet hätte unterbringen können:

Ein Beispiel: WWII 1939–1945, ausgelöst durch **#Hitler #Fail #Arschloch #tinydick**

Dafür brauchen herkömmliche Geschichtslehrer Tage und Wochen! Du siehst: Schule ist das un-YOLO-igste, was man sich vorstellen kann. 6–7 Stunden am Tag verschwenden, während du wakeboarden oder irgendwas Cooles mit einem Alligator und einem Streetscooter machen könntest. Oder bis 5 Uhr morgens durchfeiern.

Aber du kannst Schule auch für ein paar gute Aktionen nutzen (bzw. deine jüngeren Geschwister dazu anstiften):

★ STATT DEM UNFASSBAR LANGEN UND NERVEN-AUFREIBENDEN FACEBOOKSTALKING KANNST DU MÄDCHEN BZW. JUNGEN IN DER KLASSE DIREKT ANSPRECHEN. OLD FASHIONED, ABER MANCHMAL TOTAL WIRKUNGSVOLL.

★ DU KANNST GANZ NEBENBEI EIN PAAR GUTE FREUNDE IM REALLIFE FINDEN – UND IHR WERDET VIELE SACHEN GEMEINSAM HABEN. ZUM BEISPIEL DIE MITGLIEDSCHAFT IN DEN REALLIFE-GRUPPEN „ICH HASSE SCHULE", „ICH SCHWÄNZE SCHULE" UND „DAS IST TOTAL UNFAIR!"

★ DU KANNST DEM REKTOR DIE AUTOSCHLÜSSEL KLAUEN UND EINE SPRITZTOUR MIT SEINEM SAAB 9–3 MACHEN.

★ DU KANNST IM SPORTUNTERRICHT EINFACH MAL DEN STÄRKSTEN KERL AUS DER KLASSE ÜBER DIR FOULEN. BONUSPUNKTE, WENN ES DER SPORT-LEHRER IST. EXTRAPUNKTE, WENN GAR NICHT FUSSBALL GESPIELT WIRD.

★ STATT DIE MATHEKLAUSUR ZU LÖSEN, EINFACH MAL EINEN AUFSATZ SCHREIBEN «WARUM BATMAN SO VIEL GEILER IST ALS SUPERMAN». DEIN LEH-RER WIRD SICH FREUEN ÜBER DIE ABWECHSLUNG.

★ IM GESCHICHTSUNTERRICHT SOLLTEST DU BEWEI-SE FORDERN, DASS DAS WIRKLICH ALLES SO PAS-SIERT IST. GIB DICH NICHT MIT IRGENDWELCHEN ANGEBLICHEN „QUELLEN" ZUFRIEDEN! VERLANGE INSTAGRAMBILDER UND TWEETS VON DIESEM BISMARCK!

★ WENN EIN UNANGENEHMER MATHETEST ANSTEHT: VIEL ZU SPÄT KOMMEN UND DEM LEHRER GLEICH ZU BEGINN MIT EINER KLAGE WEGEN BENACHTEI-LIGUNG (WENN DU EIN MÄDCHEN BIST: WEGEN SEXUELLER BELÄSTIGUNG) DROHEN. ER WIRD EMPÖRT SEIN – ABER AUCH EIN BISSCHEN VERUN-SICHERT. UND ER WIRD DIR 8 PUNKTE GEBEN, UM SCHEREREIEN ZU VERMEIDEN.

#SERIEN

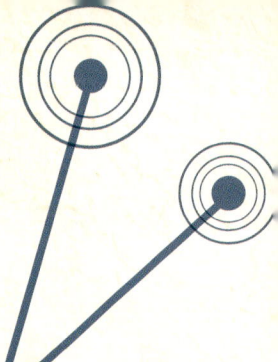

Der moderne Zeitgenosse schaut keine Shows oder Politmagazine, sondern ausschließlich Filme und Serien. Und zwar natürlich nicht im Fernsehen, sondern im Netz (oder vielleicht noch auf DVD/Blu-ray). Mindestens eine ganze Staffel am Stück.

Hier ein Überblick über YOLO-geeignete Lieblingsserien:

Männer

Alleine:

- ★ **MAD MEN** (DU WIRST NIEMANDEN FINDEN, DER ES MIT DIR GUCKEN WILL; IST ABER TROTZDEM GUTE UNTERHALTUNG.)

- ★ **LOST** (WEIL ALLE ANDEREN ES SCHON GESEHEN HABEN.)

- ★ **KINDERCARTOONS AUS DEINER JUGEND** (DU WIRST NATÜRLICH BITTE NIEMALS ZUGEBEN, DASS DU SIE GUCKST!)

- ★ **GAME OF THRONES** (DIE EINEN FINDEN'S NERDIG, DIE ANDEREN GENIAL – SCHAUT FAST JEDER, ABER IRGENDWIE FAST IMMER ALLEINE.)

Mit Kumpels:

⭐ **BREAKING BAD.** VON LOSER ZU SCARFACE? PFLICHTSERIE FÜR BROS.

⭐ **WALKING DEAD.** EINE ZOMBIEAPOKALYPSE ALS SERIE? VERDAMMT, DAS MUSS ZUSAMMEN GEGUCKT WERDEN. BONUSPUNKTE FÜR DEN, DER ERRÄT, WER WANN IN DER SERIE DRAUFGEHT.

⭐ **SITCOMS WIE KING OF QUEENS, TWO AND A HALF MEN, BIG BANG THEORY** – NUR SO CHECKEN DEINE KUMPELS, WELCHEN COOLEN SPRUCH AUS WELCHER SERIE DU GERADE ZITIERST. UND DASS DU ALLE GAGS VERSTEHST.

Mit Freundin:

⭐ FREUNDLICHE, PAARORIENTIERTE SITCOMS WIE **FRIENDS** ODER **HOW I MET YOUR MOTHER** – DA IST FÜR JEDEN WAS DABEI UND MAN KANN RATEN, WIE LANGE WELCHE BEZIEHUNG HÄLT.

⭐ **CALIFORNICATION** – TÄUSCHT DEINER FREUNDIN VOR, DASS ES AUF DER GANZEN WELT KEINEN MANN GIBT, DER BEZIEHUNGSFÄHIG WÄRE (AUSSER DIR) UND BINDET SIE SO NOCH FESTER AN DICH. (ÄH ... WILLST DU DAS WIRKLICH?)

Frauen

Alleine:

⭐ SERIEN, VON DENEN DU NIEMALS ZUGEBEN WÜR-DEST, DASS DU SIE GUCKST: **GZSZ, LINDENSTRA-SSE, BERLIN, BERLIN.** DARF RUHIG DEIN „GUILTY PLEASURE" SEIN. KEINE ANGST, IST BEI MÄNNERN NICHT BESSER.

⭐ **DEXTER** – DU WÜRDEST DICH NICHT TRAUEN, VOR ANDEREN ZUZUGEBEN, DASS DU AUF EINEN SERIEN-KILLER ABFÄHRST.

Mit Freundin:

⭐ **GILMORE GIRLS** – MACHT EIN TRINKSPIEL DRAUS UND VERSUCHT NOCH SCHNELLER ALS DIE DARSTEL-LERINNEN ZU REDEN.

⭐ **TELENOVELAS** – WURDEN EIGENTLICH FÜR LANGE ABENDE MIT FREUNDINNEN UND WEIN GEMACHT.

Mit Freund:

⭐ **SEX AND THE CITY** – TÄUSCHT DEINEM FREUND VOR, DASS ALLE FRAUEN DA DRAUSSEN ABSOLUT UNSI-CHER SIND UND NICHT WISSEN, WAS SIE WOLLEN UND BINDET IHN SO NOCH FESTER AN DICH.

#SEX

You Only Live Once –
also vögelt, was das Zeug hält.
Hier einige der beliebtesten Stellungen
aus dem **YOLO**-Kamasutra.

WAR DAS JETZT SCHON SEX?

YOLO-*Orte für Sex*

♌ BEIM FALLSCHIRMSPRINGEN
♌ AUF EINER EINSAMEN INSEL
♌ AUF EINER VERKEHRSINSEL
♌ IN EINEM BEICHTSTUHL DES PETERSDOMS IN ROM
♌ AUF EINEM SEGWAY
♌ AN EINEM US-STRAND
♌ AN EINEM IRANISCHEN STRAND
♌ AUF DEM ELEKTRISCHEN STUHL

IST HIER NOCH FREI?

YES, YOU KEN!

#SEX

LATTE TO GO

SECOND—HAND—SEX

69

BORING BOHRING

DER EWIGE TRAUM
VOM DREIER ...

... WIRD IMMER EIN TRAUM
BLEIBEN.

ICH WEISS GAR NICHT, WO MIR DER KOPF STEHT

THESE BOOBS ARE MADE FOR WALKING

DAS BUCH YOLO

41 ★ P – T

TWO AND A HALF WOMEN

KEN IN BLACK

#SE

Oops!

fakebook

Such nach Personen, Orten, Dingen

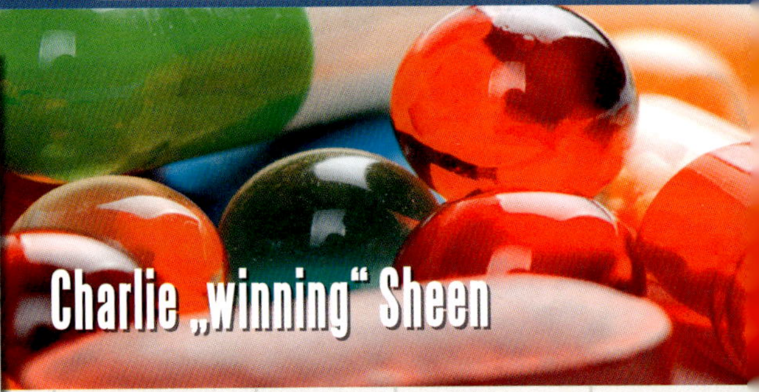

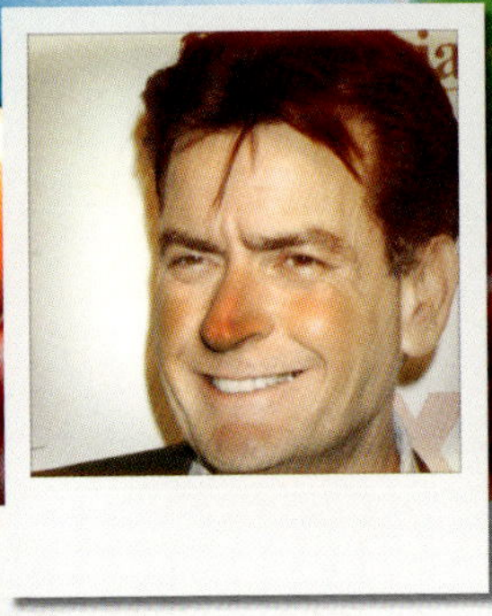

Charlie „winning“ Sheen

Chronik | Info | Fotos 2 | Freunde

Info

Arbeitet als Charlie Sheen

Wohnt in Amy-Winehouse-Gedenk-Entzugsklinik, L.A.

Kommt aus „Im Himmel geformt“

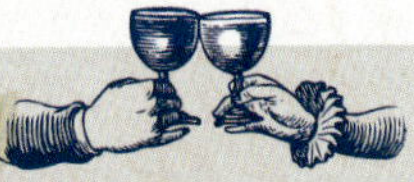

Freunde · 3

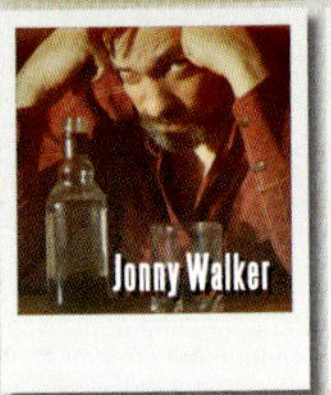
Jonny Walker

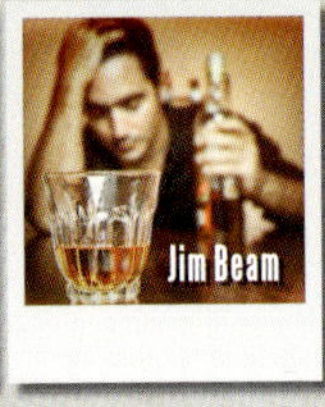
Jim Beam

Jack Daniels

Gefällt-mir-Angaben

Was du Feiern nennst, ist für mich noch nicht mal Vorglühen

Nutten sind die besseren Liebhaber

Bester Vater der Welt

Mit Ashton Kutcher ist Two and a half men scheiße!

Filme

Platoon

Wall Street

Hot Shots

Scary Movie 3–5

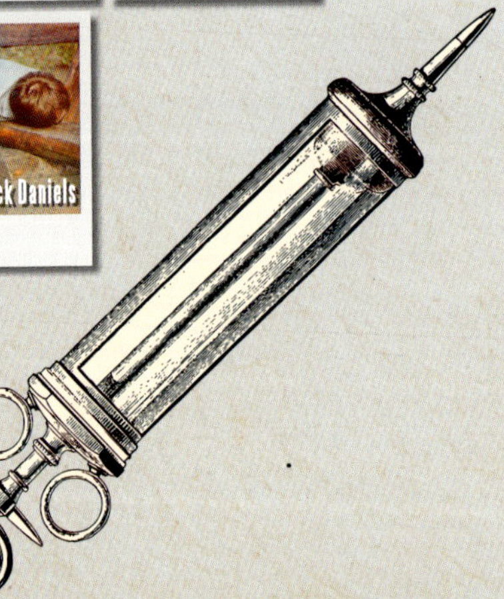

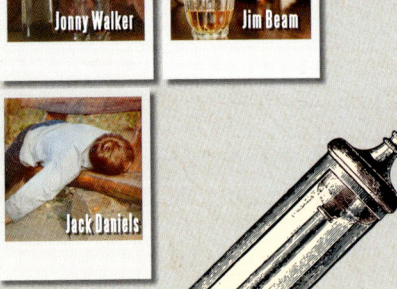

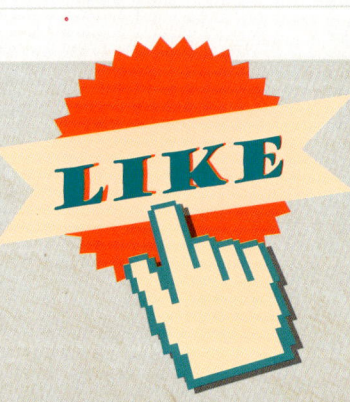

LIKE

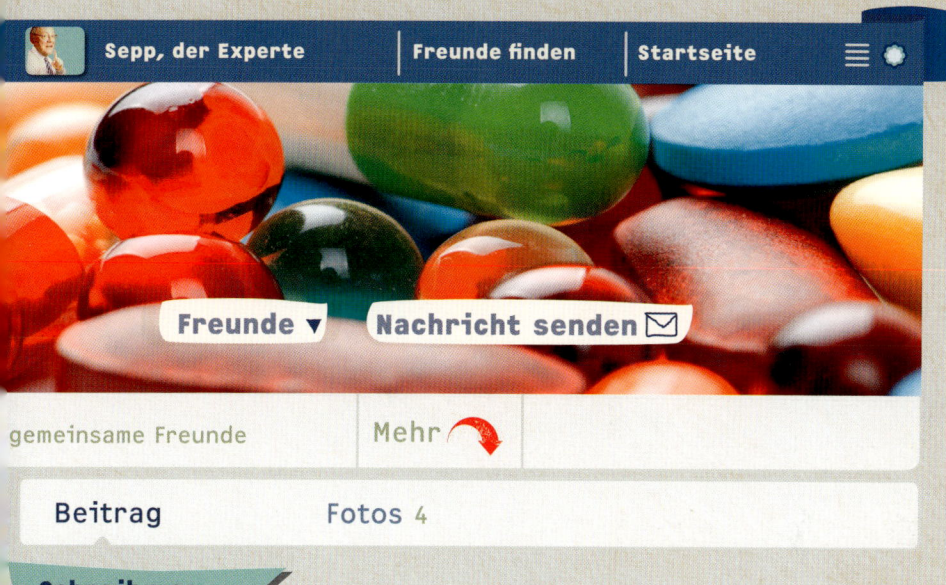

Freunde ▼   **Nachricht senden** ✉

gemeinsame Freunde   Mehr ↘

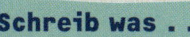

Beitrag   Fotos 4

Schreib was . . .

Charlie "ich komme wieder" Sheen
14. August

Two and a half men – guckt den Scheiß echt noch jemand?

Gefällt mir · Kommentieren · Teilen

Ashton Kutcher antwortete: Wirklich? Immer noch sauer?

Charlie Sheen antwortete: Was willst du denn, du hast doch nicht mal Tigerblut!

Ashton Kutcher antwortete: Bist du wieder drauf?

Charlie Sheen antwortete: Winning!

Ashton Kutcher antwortete: Du brauchst Hilfe, Mann ...

Jetzt
2013
2012
2011
2010
2009
Geburt

#SHELDON

Früher musste man das Wort „Nerd" manchmal umständlich erklären. Heute genügt ein Name: **Dr. Dr. Sheldon Lee Cooper**. Der Held der Serie **The Big Bang Theory** ist der Inbegriff des Nerds. Aber in welchem Verhältnis stehen Nerds zum **YOLO**-Prinzip?

TEAM

SHELDON

YOU ONLY LIVE ONCE. Also VORSICHT!

★ ICH WILL DAS JAHR 2200 LEBEND ERREICHEN, UM MR. SPOCK KENNENZULERNEN. ALSO VORSICHT!

★ MENSCHEN SIND UNBERECHENBAR. FRAUEN SIND NOCH UNBERECHENBARER. BEZIEHUNGEN ZU MENSCHEN UND FRAUEN SIND VERWIRREND. ALSO VORSICHT!

★ EIN KIND HABEN? WIE SOLLTE ICH EIN WESEN LIEBEN, DAS EVTL. NICHT WEISS, OB MAN DIE FLÄCHE UNTER EINER KURVE MIT EINEM DIFFE-RENZIAL ODER EINEM INTEGRAL BERECHNET? ALSO VORSICHT!

★ AUTOFAHREN IST STATISTISCH 9600 MAL GEFÄHRLICHER ALS ZUHAUSE TEE ZU TRINKEN. ALSO ZUHAUSEBLEIBEN!

BAZINGA!

Sheldon und YOLO 2

Für Sheldonerds bedeutet YOLO eindeutig: YOU ONLY LIVE ONLINE.

★ FALLSCHIRM SPRINGEN? WOZU? MAN KANN DOCH GENAUSO GUT SUPERSCHNELL IN GOOGLE EARTH ZOOMEN.

★ ABENTEUERREISE? EIN SAFARIURLAUB IST NICHTS GEGEN EINE WOW-INSTANZ. UND WENN IHR RICHTIG KRASSES ZEUG ERLEBEN WOLLT, GEHT AUF 4CHAN.

★ SPORT? ABER GERNE! EGO SHOOTER TRAINIEREN DAS REAKTIONSVERMÖGEN, UND SCHWITZEN IST DABEI AUCH DRIN.

★ EINE ROMANZE? WENN ÜBERHAUPT, DANN AUS-SCHLIESSLICH PER ONLINE DATING!

★ INS RESTAURANT? AM MITTWOCH?!? DA SPIELE ICH VIDEOSPIELE! DAS WEISST DU DOCH!

#SHOPPEN

Shop

Beim Shoppen spielen die genetischen Unterschiede zwischen den Geschlechtern definitiv eine Rolle.

NEW

Männer verfolgen zielstrebig und mit Tunnelblick das eine Mammut (= 1 Hose), bis sie es haben, und verlassen dann auf dem schnellsten Weg den gefährlichen und unübersichtlichen Wald.

Frauen hingegen suchen nach Beeren und Pilzen. Deshalb schlendern sie aufreizend langsam durch den Wald (= das Einkaufszentrum), sehen alles rechts und links, prüfen und wägen ab, wählen die besten Stücke aus. Wenn sie eine gute Stelle entdeckt haben, stellen sie sich dort (= am Fuß der Rolltreppe) so in den Weg, dass niemand mehr rankommt. Wenn es dunkel wird, schlendern sie mit vollen Körben zurück in die Höhle und stellen dort fest, dass sie viel zu viele Pilze mitgebracht haben und dass ihnen die Farbe der Beeren doch nicht so gut gefällt.

SALE

Wie Frauen shoppen

★ HACH, WAS KÖNNTE ICH DENN HEUTE ... ACH, SCHAU MAL, DA VORNE GIBT ES LEGGINS ... OH, ABER HIER, SIEH MAL, DIE SÜSSEN TOPS ... ICH PROBIER MAL DIESE VIER ... UND NOCH DIE BEIDEN JEANS HIER ... KÖNNEN SIE MIR DIE ZURÜCKLEGEN? ICH MUSS ERSTMAL NACH SCHUHEN SCHAUEN ... HMMM, DIESES DEO IST SCHÖN. ALSO, DIE VERPACKUNG ... SAG MAL, FINDEST DU, DASS MIR DIESE OHRRINGE STEHEN WÜRDEN, SCHATZ? SCHATZ?!?

Wie Männer shoppen

★ WIE BEIM SEX: REIN, RAUS, FERTIG.

Shopping-Tipps für Paare

★ 1. TUT – ES – NICHT!

★ 2. LASST – ES!

★ 3. NEIN!

Tipps für den Second-hand-Einkauf

Sinnvoll	Nicht sinnvoll
Mützen	Unterwäsche
Autos	Müsli
Legosteine	Hygieneartikel
Partner	Jungfrauen
Häuser	Drogen

Geben wir es zu: Smartphones sind — nach Angry Birds und Ahoi-Brause — wohl die geilste Erfindung überhaupt. Sie machen es uns unfassbar einfach, sofort auf jegliche Information zuzugreifen. Die Folge: Wir gehen nicht mal mehr aufs Klo ohne unser geliebtes Smartphone. Denn man könnte ja mittendrin wissen wollen, wie lang die längsten Fingernägel der Welt sind (lasst das Telefon liegen, es sind ca. 6 Meter), ob „dreilagig" auch „garantiert reißfest bei 6 Meter langen Fingernägeln" bedeutet und anderes nützliches Zeug. Doch habt ihr nicht auch manchmal das Gefühl, wir verlassen uns zuuuu sehr auf Smartphones?

Kleiner Test:

Wie heißt die Hauptstadt deines Bundes-lands?

In welcher Himmelsrichtung liegt Berlin von Köln aus gesehen?

Wie ist die Festnetznummer deiner Eltern?

Wie lange hat REWE heute auf?

Wenn du bei den Fragen mindestens 1x aufs Handy schauen muss-test, ist zumindest eine leichte Abhängigkeit festzustellen. Wenn du dagegen angehen (oder einfach nur deinen Kopf von der Infor-mationsflut entlasten) willst, empfehlen wir die folgende Schnell-therapie:

1 Tag ohne Smartphone

★ FAHR AM VORABEND DES THERAPIE-TAGES ZU EINEM MÖGLICHST ENTFERNTEN BAHNHOF UND LEG DEIN SMART-PHONE IN EIN 48-STUNDEN-SCHLIESSFACH. ALLES ANDERE (SMARTPHONE AUF DEN SCHRANK LEGEN, VERSTECKEN, OMA GEBEN ETC.) BRINGT NICHTS – DU HOLST ES DIR SPÄTESTENS UM 9:30 UHR WIEDER.

Risiken und Nebenwirkungen:

★ UM VON DEM BAHNHOF WIEDER NACH HAUSE ZU KOMMEN, MUSST DU DEN „FAHRPLAN" ENTZIFFERN UND VERSTE-HEN.

★ WENN DU ETWAS WISSEN WILLST, WIRST DU DICH MIT FREUNDEN ODER VERWANDTEN UNTERHALTEN MÜSSEN, UM ES HERAUSZUFINDEN. ACHTUNG: ES KANN SEIN, DASS DU DIE INFORMATION NICHT SOFORT BEKOMMST, SONDERN ERST NACH 15 MINUTEN ODER SO.

★ DER FREUND, MIT DEM DU DICH FÜR DEN TAG VERABREDET HAST, DAMIT DU JEDERZEIT ZUGRIFF AUF S E I N SMARTPHONE HAST („NUR MAL GANZ KURZ"), WIRD SPÄTESTENS GEGEN 11:00 PANISCH FLÜCHTEN.

★ DU MUSST VIELLEICHT EINEN VÖLLIG FREM-DEN NACH DER UHRZEIT FRAGEN.

★ DU WIRST STAUNEN, WIE SCHNELL EIN TOI-LETTENGANG VORBEI IST, WENN MAN DORT NICHT STUNDENLANG ANGRY BIRDS ZOCKT.

★ WENN DU DICH FÜR DEN TAG VERABREDET HAST – SEI PÜNKTLICH! SONST FINDET IHR EUCH NICHT BZW. DIE ANDEREN SIND WEG.

★ DU KÖNNTEST AUF EXTREM HARTEN DROGEN HÄN-GENBLEIBEN, UM DICH VON DER TATSACHE ABZU-LENKEN, DASS DU KEIN SMARTPHONE MEHR HAST, DAFÜR ABER SCHRECKLICH VIEL FREIZEIT, DIE SICH OHNE SPIELE NICHT FÜLLEN LÄSST.

Warum?

★ SIE WERDEN VON EURER OMA GEMACHT. WAS IST COOLER ALS EURE OMA?

★ SIE WURDEN MIT LIEBE FÜR EUCH GEMACHT – NIX MIT MASSENWARE AUS DEM SUPERMARKT.

★ SIE SIND EIN VERDAMMTES UNIKAT, WEIL ES BEI HANDARBEIT KEINE ZWEI GLEICHEN PAARE GEBEN KANN.

★ SIE PASSEN ZU ALLEM (AUSSER TIER-NAHRUNG).

★ SIE SIND MANCHMAL EIN KOMPLETTER KLEIDUNGSERSATZ – DIE MITGLIEDER EINER EINST EXTREM COOLEN BAND SIND MAL KOMPLETT NACKT AUFGETRETEN – MIT AUSNAHME DER SOCKEN AUF IHREN ... (NEIN, NICHT FÜSSEN).

★ SIE SCHÜTZEN DIE FÜSSE VOR SONNENBRAND.

★ WINTER UND SO.

★ „STRICKSOCKEN" IST EINFACH EIN VERDAMMT COOLES WORT.

★ STRICKSOCKEN SIND DAS ULTIMATIVE WEIH-NACHTSGESCHENK. WEISST DU NOCH, WIE DEINE AUGEN LEUCHTETEN, ALS DIE STRICKSOCKEN UNTERM WEIHNACHTSBAUM LAGEN? JEDES VER-DAMMTE JAHR AUFS NEUE? AAAAAAAW YEAH!

Anleitung, um Stricksocken selbst zu machen:

★ NIMM WOLLE UND 2 NADELN.

★ WICKEL DIE WOLLE UM DIE NADELN.

★ KLAPPER MIT DEN NADELN.

★ STECK ZWEI WEITERE NADELN IM 90-GRAD-WINKEL ZU DEN ANDEREN DAZU.

★ GIB DAS GANZE NUN AN OMA, DIE KANN DEN FEINSCHLIFF MACHEN.

#STYLE

Früher, als Facebook noch im Bauch von Mama Zuckerberg war, war der „Style" das wichtigste Unterscheidungsmerkmal für First-World-Menschen. Leute mussten im Reallife extrem aufwendig irgendwelche Sachen machen oder kaufen, damit man ihren „Status" (das war früher nicht „Bin gerade Kacken" oder „Bin gerade Single", sondern die gesellschaftliche Position) erkennen konnte, ohne mit ihnen zu reden. Heute genügt dafür der Blick auf die FB-Chronik — früher war es um einiges schwieriger und teurer:

YOLO!

Status	Reallife	Facebook
Man ist reich	Dicker Wagen	Foto von einem dicken Wagen
Man ist beliebt	Eingeladen auf jeder Party	5.000 FB Freunde
Man ist intelligent	Guter Wortschatz, Allgemeinbildung	Inspirierender Spruch
Man ist Künstler	Auffälliges Auftreten, eigenwillige Kleidung	Inspirierender Spruch auf schwarzem Hintergrund
Man ist gebildet	1–2 Zimmer voller Bücher	Inspirierender Spruch in Altgriechisch
Man ist modebewusst	Teure Klamotten	Likes bei angesagten Modelabels

#SWAG

Das verbirgt sich unter meinen Klamotten, Bitches!

SWAG ist ein mittlerweile komplett ausgelutschtes Wort. Also verwenden wir es so oft wie nur möglich! I-ro-nisch.

Das geht am leichtesten mit dem SWAG-Spiel.

Die Regeln sind pupseinfach:
Ihr einigt euch auf ein Thema (**->**Serien **->**Filme **->**Bücher **->**Sänger **->**Redensarten **->**Personen etc.) oder auch auf eine Liste von Themen, wie bei Stadt-Land-Fluss.

Nun müsst Ihr reihum das Wort **SWAG** mit einem **->**existierenden Werk **->** bzw. einer realen Person verschachteln.

Beispiele:

★ SWAG LANGSAM

★ GUCK MAL, WER DA SWAGT

★ SWAGTANIC

★ SWAG WARS

★ AMY SWAGHOUSE

★ KNOCKING ON SWAGGINS DOOR

★ SWAGBOOK

★ THE BIG SWAG THEORY

★ WER NICHT SWAGT, DER NICHTS GEWINNT

★ HOW I SWAGGED YOUR MOTHER

Wem in einer bestimmten Zeit nichts einfällt, der/die scheidet aus.

Ziel des Spiels ist es, entweder als Letzter übrig zu bleiben oder die Umgebung so sehr zu nerven, dass man rausgeschmissen wird.

#TOD

YOU ONLY LIVE ONCE —
das gilt vermutlich auch für unsere schöne Welt. Irgendwann ist Feierabend. Und je nachdem, wie lange das noch hin ist und wer bzw. was du bist, sind andere Dinge wichtig.

You Only Die Once

Was man tun sollte, wenn die Welt untergeht in …

… 100 Jahren: Nichts, ist ewig weit hin, sollen sich deine Enkel damit rumschlagen, kannst ihnen ja das Buch hier vererben.

… 10 Jahren: Keinen Kopf machen, bei deinem Lebensstil sollte der Weltuntergang dein geringstes Problem sein.

… 1 Jahr: Jetzt wird es eng. Vielleicht einmal um die Welt? Kennen da einen Kerl, der es in 80 Tagen schaffte.

… 1 Monat: Oha, schon so spät? Jetzt solltest du langsam mal mit all dem anfangen, was du schon immer tun wolltest. Aber nur die spaßigen Sachen, weil – Yolo! (Diesmal wirklich.)

… 1 Woche: Falls noch nicht geschehen: Schule / Uni / Arbeit schmeißen, alle Verwandten besuchen und ihnen sagen, wie gern du sie hast.

… 1 Tag: 24 Stunden? Genau eine Staffel 24 schauen – vertrau uns, es lohnt sich!

… 1 Stunde: Allen Leuten, die es noch nicht wissen, sagen, wie sehr du sie hasst und verachtest. Du willst sie doch nicht dumm sterben lassen?

#UNI

ICH FASS ES NICHT ...

Die Schule war dir nicht anspruchsvoll genug? Du hattest das Gefühl, dass du nicht genug lesen musstest und alle interessanten Themen nur total oberflächlich behandelt wurden? Du warst nicht nur beim Sex, sondern auch bei den Hausaufgaben und Tests immer viel zu früh fertig? Dann solltest du unbedingt mal die **Uni** ausprobieren.

Nicht nur, dass du mittlerweile wirklich ALLES studieren kannst – zum Beispiel Papyrologie, Onomastik (= Namensforschung) oder NaWaRo (= Nachwachsende Rohstoffe und Bioenergie) –: In den meisten Bundesländern ist es auch gebührenfrei.
Also ran da! Nimm einfach dein Hobby oder Lieblingsfach und google nach, aus welchem Bereich (Studienfach) es stammt. Und wenn es noch kein Studienfach ist – vielleicht wirst du ja der erste Professor / die erste Professorin in YOLOlogie, Chillistik oder Mate-T(h)eeologie.

... DIE WOLLEN MICH ZUR PROFESSORIN MACHEN!

8 Gründe, warum man auf der Uni landet

★ DAS 1,0-ABI HAT MICH UNTERFORDERT.

★ MEINE ELTERN WOLLTEN DAS SO.

★ ICH BIN SCHON MAL VIER BIS FÜNF JAHRE WENIGER ARBEITSLOS.

★ ICH HABE ZWEI LINKE HÄNDE.

★ ICH HEISSE #SHELDON UND LESE IN MEINER FREIZEIT PHYSIKBÜCHER, SEIT ICH VIER BIN.

★ ICH HABE DEN BERUFSBERATER IRGENDWIE FALSCH VERSTANDEN.

★ ICH HABE ES SCHRIFTLICH, DASS ICH SOFORT NACH DEM EXAMEN DIE ZAHNARZTPRAXIS UND DEN PORSCHE MEINES VATERS ÜBERNEHMEN KANN.

★ ICH BIN HIER NUR DER HAUSMEISTER.

Extrem unverbindliche Tipps:

★ DU MAGST LANGE BÜROZEITEN, DEFINIERST DICH ÜBER DEIN GEHALT UND TRÄGST GERNE BEREITS MORGENS UM 8:00 EINEN ANZUG MIT KRAWATTE? VERSUCH'S MIT **BWL**.

Achtung: Erstaunlich viel Mathe und erstaunlich wenig „Leute herumkommandieren", selbst im Hauptstudium.

★ ALS KIND HAT MAN DIR IMMER DAS PAUSENBROT WEGGENOMMEN UND DU WILLST LEUTE DAFÜR LEIDEN SEHEN? GIB **JURA** NE CHANCE.

Achtung: Sehr viel zu lesen in einer toten Sprache (nein, wir meinen nicht Latein, sondern Beamtendeutsch).

★ DU FANDST DEINE LEHRER ZU SUBJEKTIV UND DACHTEST IMMER, DASS DU DAS BESSER KÖNNTEST? KLARER FALL: **LEHRAMT!**

Achtung: Bereite dich darauf vor, nach maximal fünf Jahren im Job komplett desillusioniert zu sein und genauso frustriert, subjektiv und zynisch zu enden wie die Lehrer, die du gehasst hast.

★ DU KANNST GAR NICHT GENUG DAVON BEKOMMEN, DIR SELBST BEIM REDEN ZUZUHÖREN UND ÜBER ALLES UND JEDEN ZU DISKUTIEREN, OBWOHL DU EIGENT-LICH KEINE AHNUNG HAST, WOVON DU REDEST? **SPRACH- UND KULTURWISSENSCHAFTEN** SIND FÜR DICH PERFEKT.

Achtung: Na ja, eigentlich ... kaum Nachteile. Die Dozenten merken nicht, was für einen Stuss du redest, weil sie dasselbe Studium hinter sich haben. Und insgeheim beneiden sie dich manchmal um deinen späteren Job als Taxifahrer. In dem schadet es übrigens auch nicht, wenn man sich gerne Stuss reden hört ...

#URLAUB

Auch der fleißigste **YOLO**-Jünger braucht mal Urlaub von der **#ACTION**, vom **#CHILLEN**, von **#SCHULE** oder **#UNI**, von den **#FirstWorldProblems**, von der **#FAMILIE** oder vom **#REALLIFE**. Aber was ist ein amtlicher **YOLO**-Urlaub? Was ist unkonventionell und gefährlich zugleich? Welche Reiseziele und -pläne lösen bei deinen Freunden und deiner Familie blanke Panik aus und geben dir Gelegenheit, ganz cool zu sagen: „**YOU ONLY LIVE ONCE**"?

Hier ein paar erste Hinweise

YOLO-Urlaub	Kein YOLO-Urlaub:
Haischwimmen vor Australien	Delphinschwimmen vor Bali
Bergwandern in Afghanistan	Bergfest am Balaton
FKK in Arabien	Chillen aufm Balkon
Gourmetreise durch Äthiopien	Saufen am Ballermann
Skilaufen in der Antarktis	Surfen vor den Balearen
Glücksspiel in Albanien	Daddeln in Baden-Baden
Christliches Pilgern in Ägypten	Kirchenbesuch in Bayern
Vegane Propaganda in Argentinien	Ferien auf dem Bio-Bauernhof in Brandenburg

Tipps fürs Packen:

UNBEDINGT MIT MÜSSEN:

★ SONNENBRILLE

★ SMARTPHONE

★ STRICKSOCKEN

DEN REST KAUFT DER YOLO-REISENDE VON WELT VOR ORT.

#VIDEOS

Du willst dich aktiv mit Videomachen beschäftigen? Um dich künstlerisch auszudrücken und selbst zu verwirklichen? Also um tierisch viel Kohle zu scheffeln? Das ist ok. Und wir, die Y-Tittys, wollen dir dabei helfen.

Exklusiv für dich: Exklusiv-Tipps von Y-Titty

Hier bekommst du Tipps von den Profis. Wenn du diese Tipps befolgst, GARANTIEREN wir dir ein Leben in Fame und Saus und Braus. Und eine gewisse finanzielle Stabilität. Und die Liebe sehr vieler Fans. Und das Naserümpfen sehr vieler Pädagogen und Eltern. Und sehr viel Arbeit, Terminstress und Schweiß. Und rote Teppiche, soviel du tragen kannst.

Pssssst ....
geheim!

Was wir hier verraten, ist nicht allen zugänglich. Nur dir. Und du solltest wirklich vorsichtig damit umgehen. Oder willst du Konkurrenz?

Jetzt mal konkret, Alter!

Also, nach all dem Drumherum, dem Geschwafel und dem Reden um den heißen Brei – wobei ... so ein Brei wäre jetzt echt nicht übel. Mmmmh, Haferbrei. Köstlich. Danach vielleicht ein Glas Milch mit Schokokeksen. Könnte man auch ein tolles Video drüber machen – erwachsene Jungs, die auf Babybrei stehen. Geil. Moment ... wo waren wir gerade?

Die Enthüllung steht unmittelbar bevor

Hier also das Erfolgsgeheimnis, um auf YouTube groß rauszukommen. So haben wir es geschafft.
Jepp.

Und du bekommst das jetzt! *Jeeetzt sofort ...*

Für nur 12,90

NEW

Du musst nur nach rechts/unten schauen.

die du für das Buch hingeblättert hast

So einfach ist es eigentlich. Aber wenn du tatsächlich mehr über den **LANGWEILIGEN** Teil zwischen Schritt 1 und 2 wissen willst, bitte, von uns aus ...: Das kommt im nächsten Y-Titty-Buch.

TOP SECRET CONFIDENTIAL

Geheimnis:
★ ERSTELLE EINEN YOUTUBE-ACCOUNT
★ SAMMLE ÜBER 2.000.000 ABONNENTEN.
★ LEBE VON DEINEM ERFOLG.

DAS BUCH YOLO 52 ★ T - Z

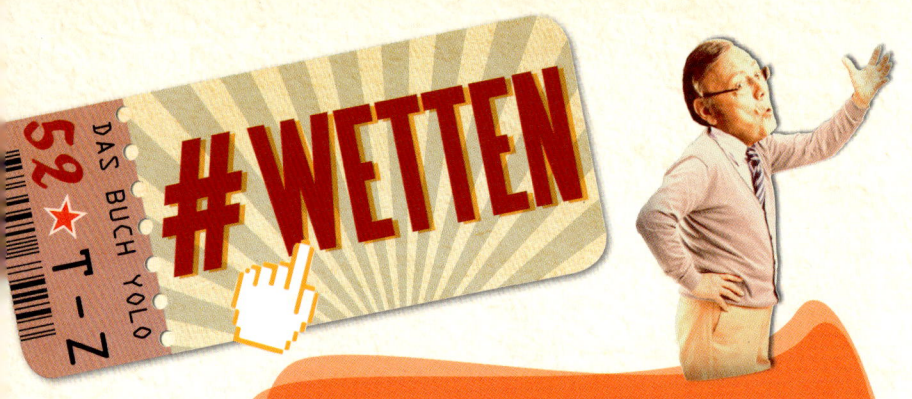

#WETTEN

Falls **#BERUF** und **#UNI** nichts für dich sind und du meistens **#PLEITE** bist: Es gibt einen **YOLO**-Weg zu Geld, Glück und Erfolg. Das Geheimnis heißt: Bescheuerte Wetten abschließen, die dir eine Challenge abverlangen. Wahre Freunde lassen für die nachfolgenden Aktionen gerne mal den Hut rumgehen und sammeln einen Hunderter für dich ein. Wenn du dich tatsächlich traust natürlich.

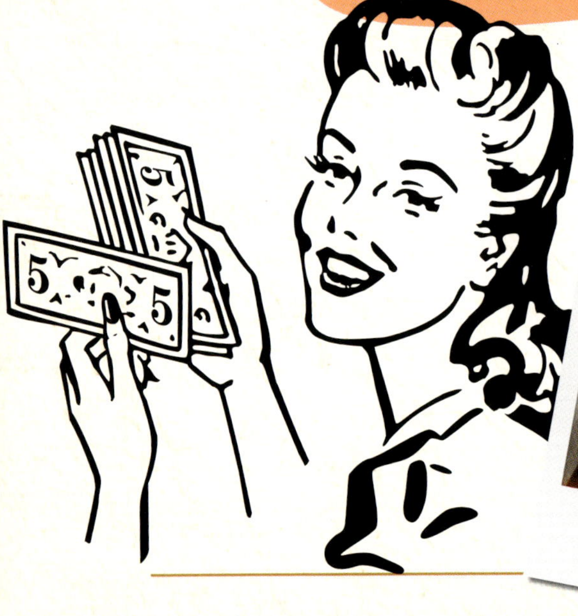

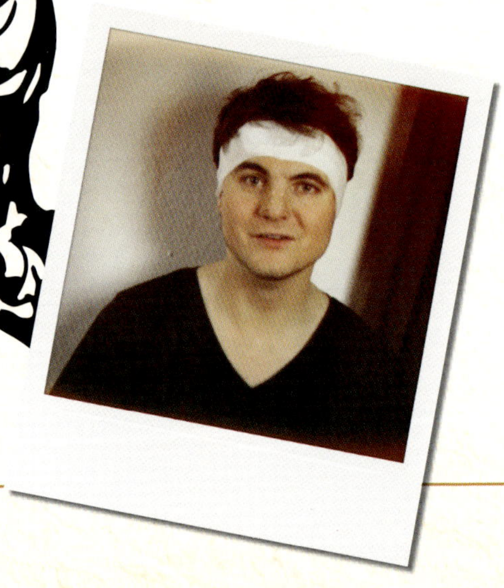

20 typische YOLO-Wetten

- ★ DIR EINE GLATZE SCHNEIDEN.
- ★ DEN CHEF / PROF / DIREKTOR BETÄUBEN UND IHM EINE GLATZE SCHNEIDEN.
- ★ DEINER MUDDA EINE GLATZE SCHNEIDEN.
- ★ DEINER MUDDA ERLAUBEN, DASS SIE DEINE HAARE SCHNEIDET.
- ★ IN EINEM FRISCH AUSGEHOBENEN GRAB ÜBERNACHTEN.
- ★ DASSELBE NACKT UND BESOFFEN (MIT WECKEN DURCH WÜTENDEN SARGTRÄGER UND JAMMERNDE WITWE).
- ★ MIT VERBUNDENEN AUGEN NACHTS ZU FUSS DIE A 7 ÜBERQUEREN (2 X DREI SPUREN).

- ★ DASSELBE MIT DEM AUTO.
- ★ EINEN ZEUGEN JEHOVAS VOM PRINZIP YOLO ÜBERZEUGEN.
- ★ DIE HELLS ANGELS WEGEN RUHESTÖRENDEN LÄRMS ANZEIGEN.
- ★ BADEN MIT PIRANHAS.
- ★ BADEN MIT MUTIERTEN RIESENPIRANHAS AUF KOKS.
- ★ MIT VERBUNDENEN AUGEN EINE SCHWARZE SKIPISTE FAHREN.
- ★ DASSELBE RÜCKWÄRTS.
- ★ EINE PORTION PILZE AUS DEM WALD HOLEN, ZUBEREITEN UND OHNE BLICK INS PILZBESTIMMUNGSBUCH AUFESSEN.
- ★ DAS PILZBESTIMMUNGSBUCH KOCHEN UND AUFESSEN.

- ★ VOM ZEHNER SPRINGEN.
- ★ AUF DAS ZEHNER-BRETT KLETTERN, STUNDENLANG ZÖGERN, WIMMERN, HEULEN, ALLES BLOCKIEREN UND DANN PIESELN.
- ★ DIE STERNE RÜCKWÄRTS VON 20 BIS 0 ZÄHLEN.

Y-Titty hat sich entschieden, den drittletzten Buchstaben des Alphabets ab sofort zu boykottieren. Das Prinzip **YOLO** verkörpert das eine E*trem — der verfli*te Buchstabe * ist das e*akte Gegenteil davon. Deshalb haben wir das * gee*t.

Dagegen waren:

★ UNSERE E*-FREUNDINNEN

★ DIE TE*TER ME*IKANISCHER SE*FILME

★ ALLE, DIE MIT UNS SE* HABEN WOLLEN (VOR ALLEM SCHWESTER *ENIA AUS DER PRA*IS VON DR. *AVER E*NER)

★ ALLE, DIE UNS LU*USWAREN VERKAUFEN WOLLEN

★ PRODUZENTEN VON *** FILMEN

★ DER WHISKEYMI*ER, DER DEN WHISKEY MI*T

Dafür waren:

★ DIE YEDI-RITTER

★ DIE YOUTUBE-RITTER

Da wir uns zu Letzteren zählen, war die Entscheidung klar: Ni* Mehrheit. Wir e*en das *!

#YOLO

Du lebst noch? Und du hast noch nicht genug von den kranken Aktionen, die unter **#ACTION** und **#WETTEN** stehen? Kein Problem! Hier kommen die Dinger, nach deren Vollzug du dir offiziell das Wort **YOLO** auf die Stirn tätowieren lassen darfst.

YOLO – *das heißt:*

★ ZWISCHEN GESTRANDETEN WALEN CHILLEN.

★ MIT EINEM GEKLAUTEN BAGGER EIN BELIEBIGES HAUS ABREISSEN.

★ MIT 40-CM-HIGH-HEELS DURCH DEN PETERSDOM RENNEN.

★ MIT PLASTIKSANDALEN AUF DEN MONTBLANC STEIGEN.

★ KIM JONG UN SAGEN, DASS ER KEINEN SWAG HAT.

★ DAS FOTO AUF DER BEWERBUNG EURES BESTEN FREUNDES DURCH EIN DUCKFACEFOTO ERSETZEN.

★ EUCH VOR DEN CLUB STELLEN UND DEM RAUSSCHMEISSER VERKLICKERN, DASS ER HIER NICHT REINKOMMT, SO SCHEISSE, WIE ER AUSSIEHT.

★ EURE SEELE AUF AMAZON VERKAUFEN (FÜR DIE PUSSIES UNTER EUCH: DANN HALT AUF EBAY).

★ EUREN LIEBLINGS-FILMSTAR STALKEN UND IHM SAGEN, DASS IHR VON IHM SCHWANGER SEID (BONUSPUNKTE, WENN IHR VOM SELBEN GESCHLECHT SEID).

★ WÄHLEN GEHEN.

★ JEMANDEN FINDEN, DER/DIE MIT NACHNAMEN TOD HEISST UND DER PERSON DANN INS GESICHT LACHEN.

YOLO-Variationen

You Only Live Twice

You Only Love Oma

You Only Like Orange-Juice

You Only Love Once

Y-Titty Only Live Online

You Only Love Opfer

You Only Love Yourself

Yo, Loser!

You Only Love Yogurt

Only Once Yoda Lives

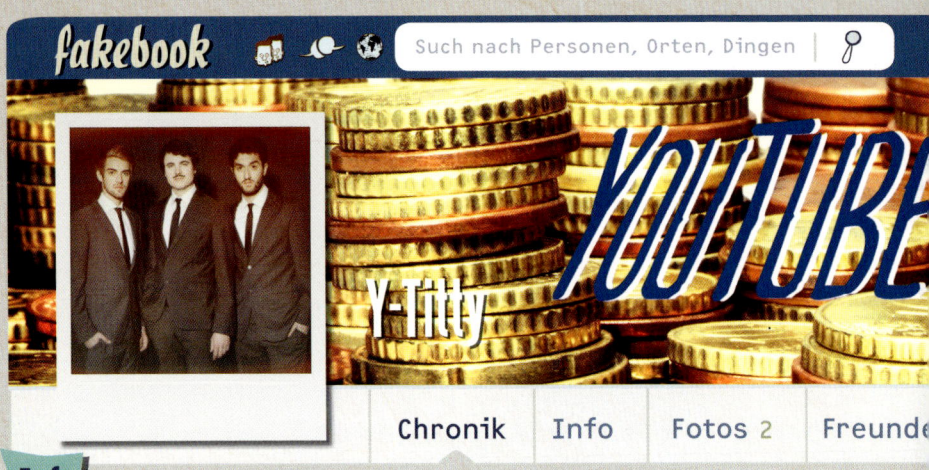

fakebook   Such nach Personen, Orten, Dingen   🔍

Y-Titty   YOUTUBE

Chronik   **Info**   **Fotos** 2   **Freunde**

Info

🧳 Arbeitet als YouTuber For Life!

📍 Kommt aus Irgendwo aus Franken

Bücher

Das Nicht-Buch

Das Buch YOLO

Witze schreiben für Deppen

Frau spielen leichtgemacht

Milch – die Mutter der Nahrungskette

Freunde

Haben wir. Ehrlich!

| Jetzt |
| 2013 |
| 2012 |
| 2011 |
| 2010 |
| 2009 |
| Geburt |

Filme

Rülps – Der Film

Cocksucker

Kaputschino

Schminktutorials

Serien

ALLE!

LIKE

Mehr

Beitrag   Fotos

Schreib was . . .

  Ein Fan schrieb an Y-TITTYs Pinnwand
20. Oktober

Ihr werdet immer schlechter!

  Y-TITTY Quatsch, wir waren nie gut! ... Kennst du unser neues Buch schon?

  Brad Pitt schrieb an Y-TITTYs Pinnwand
24. Oktober

Zum letzten Mal, ich habe keine Lust, bei euch mitzumachen, lasst mich endlich in Ruhe!

Y-TITTY schrieb an George Clooneys Pinnwand
24. Oktober

Hey, wir haben gerade eine Stelle frei. Lust auf ein Praktikum?

  Brad Pitt kommentiert Ich fass es nicht

#ZITATE

Du denkst, du bist der Erste, der das Buch **YOLO** durchgelesen hat? Sorry, aber — du bist kein Promi. Die haben natürlich weltexklusiv bereits vorher ins Buch schauen dürfen. Sie hatten zwar noch keine Zeit, uns zu gratulieren, aber wir wissen, was sie bei der Lektüre des Werks gedacht haben.

Felix Baumgartner:
Das ist mir zu hoch.

Michael Bay:
Das Buch gibt mir Stoff für 20 „neue" Actionfilme.

Ursula von der Leyen:
Mir wurde versehentlich dieses „Buch" zugesandt. Ich musste mir Gummihandschuhe anziehen beim Lesen. Mein Fahrer bringt es Ihnen morgen zurück.

James Bond:
You only live ... 1, 2, 7, 20 ... ich kann kaum noch mitzählen ...

Jamie Oliver:
Zu wenig Rezepte! Mist!

ALICE SCHWARZER:
DAFÜR HABE ICH GEKÄMPFT?!

Sido:
Erwähnt mich bloß nicht in euren scheiß Buch!

Tony Marsh:
Die haben das aus meiner Biografie geklaut.

155
#T-Z

Carlsen-Verlag:
Und wir dachten, das NICHT-Buch war schon der größte Fehler unseres Lebens ...

Til Schweiger:
Das Buch ist eine Frächheit! Und wer ist dieser O'Bama?

Y-TITTY:
Juhuu! Noch mehr Geld!

Wie alles anfing

Im NICHT-BUCH erfährst du, wie alles begann.
Und welche Hobbys wir haben. Und wie man Wäsche
zusammenlegt. Also praktisch alles, was nicht
im BUCH YOLO steht.

128 Seiten
Bunt und in Farbe
Mit Akkuanzeige

€
9,95

Hätte Deine Oma es gemerkt?

Die Parodie auf die Apotheken-Umschau.

Das Buch YOLO
© Y-Titty / Carlsen Verlag GmbH, Hamburg 2013
Mitarbeit: Denis Martynov
Lektorat: Oliver Domzalski
Gesamtgestaltung und Layout: Christiane Hahn
Die Moustache-Fotos stammen von Florian Beier und Jakob Jeske.
Die Fotos auf Seite 116-121 stammen von Antje Haubner.
Alle anderen Fotos: © Y-Titty / © shutterstock
Druck und Bindung: EGEDSA S.A.
Alle Rechte vorbehalten
ISBN 978-3-551-68427-1
Printed in Spain

www.carlsenhumor.de
www.carlsen.de